中国爱情诗歌精选

Zhongguo aiqing shige jingxuan

赵宏兴 主编

内蒙古文化出版社

图书在版编目(CIP)数据

中国爱情诗歌精选 / 赵宏兴编著 . — 呼伦贝尔：
内蒙古文化出版社，2018.6
　　ISBN 978-7-5521-1519-2

Ⅰ.①中… Ⅱ.①赵… Ⅲ.①爱情诗—诗集—中国—当代 Ⅳ.① I227.2

中国版本图书馆 CIP 数据核字（2018）第 159497 号

中国爱情诗歌精选
赵宏兴　编著

总 策 划	丁永才　崔付建
责任编辑	丁永才
出版发行	内蒙古文化出版社
	（呼伦贝尔市海拉尔区河东新春街4付3号）
印刷装订	三河市华东印刷有限公司
开　　本	650毫米 × 940毫米　1/16
印　　张	14.5　字　数　165千
版　　次	2018年6月第1版
印　　次	2021年1月第2次印刷
书　　号	ISBN 978-7-5521-1519-2
定　　价	42.00元

版权所有　翻印必究

目 录 CONTENTS

001 〉 贾浅浅 我有些激动地想要叫醒黑夜（组诗）

006 〉（俄）茨维塔耶娃 我多么希望与您在一起（外一首）

009 〉 荣荣 也是好的爱情（组诗）

013 〉 臧棣 蝶恋花

017 〉 徐春芳 月光见证（组诗）

023 〉 安琪 白葡萄酒为什么也让人脸红（外一首）——给吴子林

027 〉 秋水 爱一个人

030 〉 邹晓慧 醉生

032 〉 清平 思念诗（外一首）

034 〉 蒋崇杰 一世的阳光

038 〉 安然 为了爱你（外一首）

041 〉 穆晓禾 小小的幸福

050 〉 郭建强 随 吟（外二首）

052 〉 扈哲 想念的时候，注定要忧伤（外二首）

057 〉 李月红 爱（外一首）

059 〉 张小榛 世俗的爱情（外二首）

目录

062 〉 李　皓　相思的琴弦（三首）
067 〉 若　颜　女孩和银杏（外一首）
070 〉 朱胜国　飘　移
072 〉 张　元　我缺少人间的爱（外一首）
074 〉 吴向阳　情书·致你们（外一首）
076 〉 波斯维亚托夫斯卡　在你完美的手指中（外二首）
080 〉 春　野　爱的花园（外一首）
082 〉 鲁　蕙　我的身体里藏着一颗太阳（四首）
086 〉 刘　郎　今夜月色有什么不同
088 〉 陈　墨　来过（外一首）
091 〉 庞典典　晚上一块吃饭吧（外一首）
094 〉 刘　凤　我是你的女人
096 〉 张庆岭　切一块黑夜送给你
098 〉 水沉烟　七月书（外一首）
102 〉 韩万胜　我看到电话那头的你（外一首）
104 〉 顽　钰　情人药（外一首）

106 〉 赵希斌　杏　儿
108 〉 张海波　我是一个多话的女人（外一首）
110 〉 蒋戈天　像一棵树一样爱你（外一首）
114 〉 常忆兰　致君兰（三首）
121 〉 麦　须　致鲍鲍
123 〉 项劲　妹妹
125 〉 丁薇　我们（外一章）
127 〉 方石英　秋（外一首）——给小秋
130 〉 何春燕　春来了，带我奔向那片有你的天空（外一首）
133 〉 旻旻　抵达你，便抵达了阳光（外二首）
136 〉 王晓波　七夕（外二首）
138 〉 杜鹃　遥远的想念（组诗）
142 〉 彭仁玲　老瑶，我又要去见你了（外二首）
145 〉 大枪　打工时代的爱情
147 〉 刘贵高　随风飘逝的爱情（四首）
152 〉 李强　给xsr（外一首）

目录

156 〉柳宗宣 少女胡美（外一首）
159 〉王文平 我原谅你，不小心闯入（外三首）
163 〉林 然 你是我今世的情人（五首）
170 〉白玛曲真 雨
172 〉赵家利 梦揽黄昏（外一篇）
175 〉文 榕 做我的新娘（外一首）
177 〉秀 实 我确实活在梦中
179 〉蔡兴乐 牵挂的味道（外一篇）
181 〉颜梅玖 当我转身
183 〉刘 晓 雪的承诺
185 〉周苍林 想一个人的时候
187 〉周广学 爱情假装在前面
188 〉李小麦 灰姑娘
189 〉北 野 一首写给妹妹的春天之诗
191 〉孟宪华 苹果与虫子
193 〉雁 西 在世界的每一天都爱你（组诗）

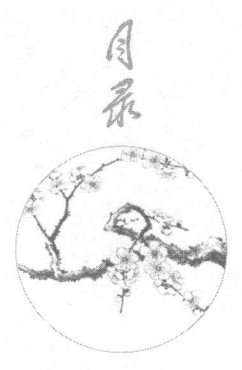

198 〉肖炳华 我在村口等你
203 〉朱熠妍 许 愿（外一首）
207 〉程子珉 你最美丽的时候我在哪里
210 〉周 亚 蓝色之恋
211 〉张 康 娟娟，你还没有醒来
213 〉左秀英 我们相互默默地爱着（外一首）
215 〉白小云 爱你（外一首）
217 〉（美）文森特·米莱 梦境（外一首）
219 〉杜 玮 初 吻

我有些激动地想要叫醒黑夜（组诗）

■ 贾浅浅

清 晨

无数次地幻想
有个男人，在我醒来的清晨
坐在绿了的八角窗下
斜靠在椅子上，翻看报纸
窗角的风像海上的浪
吹打着白色的窗帘
一只鸽子拍打着翅膀
停落在窗台，歪着头咕咕叫着

他不必衣冠楚楚但要胡须干净

不一定会说甜言蜜语

但眼神清澈温柔

当我默默注视他的时候

他一定会抬起头来回应我的目光

此时的我，穿着丝绸的长衫

款款地向他走去

像一个骄傲的女王

然后，提裙，跨坐在他的怀里

把手插进他的头发，望着他

像沉默的大山与峡谷

直到他浅浅一笑，羞涩地垂下头

我会温柔地吻着他的脸

他的唇，让瀑布一样的长发

垂落在他的肩膀和纽扣上

那只鸽子还在咕咕地叫着

扭头望着我们

望着从梦里刑满释放的我……

我有些激动地想要叫醒黑夜

星星鸣叫的夜晚

我这月光浸泡的身体

宛如一席天上的盛宴

飘荡着花香和酒香

我唯一的客人，我的园丁
我的酒徒，我在等你
等你砍伐我满身的枝条
等你饮尽我所有的琼浆
月亮不大，只装得下我们两人
我也不大，只容得了
你的火焰的肉身，火焰的灵魂
我要你数清我头发上的汗水
我要你夹在我的肋骨间
永远是一个战神
我已经激动得想要叫醒黑夜
我已经盼着所有的星球都来围观
看你如何爱我
看你朝着死亡的方向爱
而且仍然爱不释手
而且我已经死了无数次
你的爱，还没有结束

迷 宫

我能给你的
就是当你启动我的时候
我瞬间化作湛蓝的湖面
当你无限靠近的时候

你既可以看见湖面下
自己真实清晰的倒影
又可以看见成群结队的鱼
在柔软的水草编织的迷宫里
一条条迷失

当你亲吻我的时候
湖面立刻裂成无数的碎片
我们同在一个迷宫里
同一个谜里

静默时光

老了,就在山水间
建一院房,青瓦白墙
上面爬满金蔷薇和凌霄花
太阳好的时候
听鸟儿鸣叫
或坐在窗下,观晚雨
看闲书。有月亮的晚上
三五好友,围坐在桂花树旁
看清光从树间筛洒而下
地上阴影斑斓,四野无声
然后各自散去。我不知道

这样的时光,你是否
还在我的身边,会不会
把一地的落英扫干净了
又为我,把清风里的门扉
轻轻打开,又轻轻关上

《清明》2017 年第 4 期

我多么希望与您一起

（外一首）

■ （俄）茨维塔耶娃

……我多么希望与您一起
生活于一座小城，
那里有永远的黄昏，
永远的钟声。

住进一家乡村的小旅馆——
古老的挂钟敲响
尖细的声音——仿佛时间的水滴。
临近黄昏，有时从复式的阁楼里
传来——
一阵笛声，
吹笛者倚靠着窗栏。

窗台上盛开着大朵的郁金香。
而或许,您甚至并不曾爱过我……
房间的中央——
有一个瓷砖砌成的大烤炉,
每一块瓷砖上——都有一幅小画:
玫瑰——心——轮船——
而在唯一的窗户上,布满——
雪,雪,雪。

假设你躺着——
我喜欢那样的您:懒散,
冷漠,无所谓。
偶尔,火柴发出"嗞"的一声。

香烟被点燃,逐渐黯淡,
而烟灰——像一小截灰木杆
在烟蒂上久久地、久久地——战栗。
您甚至懒得将它抖落——
于是,整枝香烟飞向火焰。

我在岩石的板壁上写
我在岩石的板壁上写,
我在褪色的扇面上写,
在河岸上写,在海滩上写,

用冰刀在冰上写,用戒指在玻璃上写——

在数百年沧桑的树干上写……
最后,为了让它路人皆知!
你是我的所爱!我爱!我爱!我爱!
我蘸尽天边彩虹尽情书写。
我多希望,和我长久在一起的
每个人都风华正茂!在我的指尖下!
可后来呀,额头抵着桌子,
狠心将一个个名字勾去……

而你呀,被我这个变节的文人
攥在手心!你噬咬着我的心房!
我决不出卖你!你永在戒指的内部!
你呀,在心碑之上安然无恙。

《葛天诗刊》2017 年 8 期

也是好的爱情（组诗）

■ 荣荣

不为人知的爱　等在前面而他们还在用
身体或语言交谈

这是落伍的方式
他们温存着被岁月一点点摧毁的信心
一个夜晚的翻来覆去只为了身体内部的黑

他有的是大刀阔斧
蹚过去　路就开了
阳光会直接落在她秘密的草尖

她有的是缜密的忧伤

空寂时分她一次次回转
看见月光落寞　荆棘生长

之后的牵肠挂肚是真的
她说：你好！
他说：你好！

他还是不说爱　他称她为兄弟
她还是不说爱　她唤他为姐妹

我如此热爱它绵柔里的筋骨

我如此热爱它绵柔里的筋骨
爱它维系的悲伤或下一刻的移情别恋

这只穿过多年风暴仍抓紧内心狂草的手
这只在别处翻云覆雨　只给我晴朗的手

这只拉我入怀　又将我推开的手
这只挡我视线　又替我描画天地的手

这只挽留的手　说着再见的手
当它揽过我身子或像柔风轻拂我脸

我看到了它真实的怜惜和克制
看到了一只手迷人的灵魂表情

高 过

他高她一头但爱却分左右
又一次他温柔地俯身
她微启的唇　接住半天空的云彩

"再给我一次。"
"给你一生不好吗?"

"你要得起我就给得起!"
石榴花高过风中多籽实的甜

他是存在的

右边　还是右边
她又一次挨近它暗中的瓷光

这是干净的干净的身体
如果她亲吻　她就能接住它高处的焰火
如果她想飞　那颗心
就会从昂扬的鼓点里跳起来呼应

这是身体与灵魂的相见
狭窄的爱是镜子而她是自我的宽有者
那一刻他是存在的
而她仍然是美的

《相山》2017 年 2 期

蝶恋花

■ 臧棣

你不脆弱于我的盲目。
你如花,而当我看清时
你其实更像玉;
你的本色只是不适于辉映。
你是生活的茬子,
害得我寻找了大半生。

你不畏惧于我的火焰,
你发出噼啪声时,
像是有人在给
我们的语言拔牙。
而你咬疼我时,我知道

我不只是成熟于一块肉。

你用更多的怪僻
将我的人格彻底割裂,
你认为结局中
还有被忽略的线索。
你不仅仅是尖锐于我的隐瞒,
而是尖锐于我们全体的。

你不如你的正直,
正如我不如我的老练,
我偶尔会踉跄于你的转弯不抹角。
我弄潮于你的透湿,
而你不服气,因为那里的海浪
不是被蓝色推土机推着。

你不简单于我的理想。
你不燃烧,你另有元气。
你的轮廓倔强,但也会
融解于一次哭泣。
你透明于我的模糊,
你是关于世界的印象。

你圆润于我的抚摸——

它是切线运动在引线上。
你不提问于我的几何。
你对称于我的眼花,
如此,你几乎就是我的晕眩;
我取水时,你是桌上的水晶杯。

你尝试过各种
谨慎的方法,也不妨说
你紧身于清瘦之美。
你好吃但不懒做,
你的厨艺差不多都是
跟我学的,但你更成功。
你也成功于他们的混乱,
他们的神话。你甚至
骄傲于他们的全部困惑。
你拒绝利用他们的浑水,
虽然你酷爱摸鱼。
而他们的常识,你说,呸!

你多于我的丰收,
正如你用你的本色
多于我的好色。
你似乎永远少于我的碾磨:
你是比药面更细的品质;

如果有末日，你就是根治。

你不小于一，但你
仍然是例外。你结合于
我的高大，在枝条上颤悠时
如秋风中的鸟巢。
你只是不飞。你善走极端，
好像极端也是一条旅途。

你美于不够美，
而我震惊于你的不惊人，
即使和影子相比，你也是高手。
你不花于花花世界。
你不是躺在彩旗上；
你招展，但是不迎风。

你不是在百米开外，
你就近于他们所说的远方，
而我冲刺时，发现
蝴蝶在拖我的后腿；
我愤怒于前腿同样不准确，
不能像匹马那样腾空。

《分水岭》2017 年第 2 期

月光见证（组诗）

■ 徐春芳

月光见证

我无法忘记的——
是那些夜晚的月光

我们坐在迎春花藤下
倾听迷醉无声的语言
唇上的蜜糖掀起青春的风暴

在你面前，我是青草和新泥
是清晨的鸟鸣和阳光舞动的节奏
有着歌声的温暖和骄傲

因为空，赭山的钟声拥有
繁花般的光泽和寂静

蜜蜂的梦浪费了那么多花朵
那些夜晚，是我们脸埋入的教堂
我们在羞涩和缘分里相见！

如今，我被刻在自己的皱纹上
干硬的影子鞭着虚度的光阴

没有你，我特别饥饿
一个人的祈祷如雨打在芭蕉上
碎裂的声响发出圆满的光

我害怕，你一转身就是天涯
我抓住的只有怀旧的风和悲伤

相见欢

天天盼着和你相见
天天怀念相遇之缘！

转瞬间，你便在千里之外

月光倒酒,殷勤把我招待

我斜靠在窗台上——
品着幽静的暗夜

裕儿坐在台灯下读书
鲤儿还是小小的孕囊——
在子宫的温暖中成长

你亲手叠过的衣被——
还带着纤手的余温
你在耳边说过的话语——
晚祷一样颤动我的灵魂

那些树枝,只属于春天的花朵
那些幸福,只属于守护的灯火

鸟找到做梦的巢
用一生锻造闪耀的黄金
——我相信会这样!

荷花塘

你的脸，是杏花，还是细雪？

你的面孔，我的面孔
还有闪烁的月光
漂浮在荷花塘波纹上
一声禅钟把我们的心敲响

你的笑容摇漾夏日的荷风
吹起绿波的温存和清凉
在阳光下，爱就像中暑一样
擦过的火星，就是一生的疯狂

你的红唇，是拌上醉红的蜜糖
你的软语，是刚刚酿出的酒浆
荷塘的月色，梅花的暗香
都是我记忆相册的珍藏

青春抡起打铁的大锤
在烧红的肉体上溅起火星
爱命名了樱桃和欢喜的夜晚

你的眼睛,翻腾着长江的风浪

蝴蝶停在花朵的甘露深处
仿佛我耽于梦想的心
我的灵魂,你绣过鸳鸯的锦缎
得到你的抚慰,你祝福的体温

柔软的记忆愉快地盛开——
如今你的脸把我的镜子染得香且白

两同心

多少往事一杯酒

细雨梳理花朵的寂寞
流水的弦上弹着——
长长短短的别夜和欢乐

见不到你——
小径无人春草深
和你一起——
欢声笑语伴明灯

醉眼里的身影已经朦胧

晨钟敲醒了枕上的旧梦
丁香和杨柳期待着春风

《清明》2017年第6期

白葡萄酒为什么也让人脸红
（外二首）——给吴子林

■ 安琪

红葡萄酒让人脸红
白葡萄酒为什么，也让人脸红？

那天你往我的身体里倒酒，红葡萄酒
白葡萄酒，于是你浇灌出了

红脸的我
继续红脸的我。

我红着脸听你赞美我
然后我继续红着脸赞美你

批评的话让人脸红

赞美的话为什么,也让人脸红?

阴雨北京

今天写了什么:吴子林

为着回答你的短信

我打开电脑

此前我蜷缩在沙发一角

与阴雨做内心的交流

温暖的台灯

照耀手中的文字到达通途

偶尔眼酸

也是忆及往昔凄凉的行走

无论多大的风雪

都必须要得行走

恍如隔世

对你只是一个词

对我却是真实人生

我从隔世被你捞起

抖落满身寒气

我初次见你的惊喜

你初次见我的惊喜
都已在此刻得到平息

微火在烹制佳肴
穿过客厅和桌椅
把香气释放——
我看到明天的太阳正在赶来
我预备用这句话回答你——
我来到了北京
我遇到了你。

在夜的深处

在夜的深处,呼吸沉重,我和你
在夜的深处
踱步,以太极的方式,左腿,迈,顿,右腿
迈,顿,身体要平衡
气息要均匀
你厚厚的背影,黑色,像一座移动的烈火被按捺在
夜的深处

微弱的光照着不变的一切
长沙发胡乱抱着白被子
你的衣服零乱,丢置在不高的椅背上

不能不坚持
我狠狠地凝视着你，我爱你
而你不相信

在夜的深处，煤气开了又关
必须为死亡找到良好的借口而我不相信
死亡能够化解恩怨
油腻的厨房
对峙于味道浓厚的厕所
这就是生的执着
在夜的深处
执着是一种残忍我想放弃想对你说，我爱你
而你不相信

牙疼隐含在牙里
时钟滴答
天光微亮，春天寒冷尚未消散
亲爱的亲爱的
当我认识你 春天到了
而你一以贯之的沉默像寒冷
尚未消散

《史河风》2017年第1期

爱一个人

■ 秋水

往生里爱
往死里爱
生无可恋地爱
死去活来地爱
现实里爱
梦想里爱
爱成石头
爱成雨
爱成风
爱成雪
爱出朝霞

爱出月光

爱到地老天荒

爱到海角天涯

在尽头爱

在路上爱

坐着爱

站着爱

躺着爱

跪着爱

笑着爱

哭着爱

爱成家人

爱成仇人

爱到相见恨晚

爱到相逢何必曾相识

爱成痴

爱成魔

爱到日上三竿

爱到明月高悬

爱得不动声色

爱得四面楚歌

一无所有地爱

爱一个人 |

一无是处地爱

爱到山重水复疑无路

爱到柳暗花明

又一村

《滇池》2017年5月

醉生

邹晓慧

我以后不再爱别人了
不会，再也不会
一端是乱发　另一端是风
我们的关系不必再拉扯

如今　我们都成了木头人
不准说话
不准做小动作
我们从来不知道从哪儿开始爱
也不知道从哪儿结束

我们都忽视了世道

醉　生

流行性的乱发正在扩散
向往寺院的情绪容易被感染
感冒如又长又乱的染发
如你的肩上
一甩一甩的
如香火围着你摇摆孤独

我本应该剃度
与木鱼一起游离红尘
但我却在潮湿的小酒馆
独自一杯接一杯
喝无聊的烈性酒
慢慢地忘记过去做过什么

如同醉中的失忆
仿佛每件事都曾用酒曲发酵
包括你　包括我
包括众生　包括虚无

《钟山》2017年5期

思念诗（外一首）

清平

电影院

白天，有阳光和人声，有芜杂的世界挤着我，
时间是容易过去的。而且，时间也赶着我向前。
晚上，前半段还能过，因为有孩子的饮食和作业。
十点以后，亲爱的，你说怎么办？
我不停地想你，什么事也干不了。
我从未想到，我会这样凄惶、没主意，像一只丧家犬，
吠着你的名字。其实你只是出差半个月，去越南三天。
周五，也就是明天，我又能听到你的声音、在屏幕上看到你的
身影了。
可是，现在怎么办？

窗外阳光灿烂，是容易度过的白天——昨天我度过它并不难，
但今天，全变了：我周围空而虚，世界只剩下影子……

旅途怀人
——给娟娟

看着天色黑下来，漫漫旅途，
总问还有多远。到喀什、到伊犁、到格尔木、樟木、费瓦湖，我们总在
暗夜里颠簸到欢呼。近年来，你独自出游
多少次，我的肩膀不能感受到你倾斜，不能向
漫漫旅途中的你输送支撑。亲爱的，我感到了孤寂，
尤其在今晚的暗淡中，我看到你美丽的身影强悍到令我
惊惶而虚弱。不要再有这样的时候，亲爱的。不要再用你勇猛
的孤胆换我的深忧。无我在身边，亲爱的，神妙天下，你要看
作垃圾场。

《红岩》2017年5期

一世的阳光

蒋崇杰

1

一个眼神覆盖前生来世。一抹时光,铸成一生一世。

想你,每一天都是重生;甜蜜,隆起你我永不言说的孤独!

2

爱恋是化解不开的谜团。

春风是花开的钥匙,鸟鸣是绿色的天使,雪花是大地的歌谣,果实是雨水的孩子。

两颗心的善缘是苍天最神奇最温暖的布施?

3

你也想我了吗,你在静静的煎熬着那副为相思疗伤的草药吗,你在品尝着那壶已经冰冷的老茶吗?

如若你的心,疼了。我的心,顷刻间碎成一地的月光!

4

等待一场飞雪。

这一条路,你在始端,我在终点。

玲珑的心啊,拔节出长风的思念,浸泡透月色的薄凉,是长成一棵仰望的树,还是静静地厮守一地的洁白?

疼痛的心,有皑皑山川一样的辽阔,有了飞雪一样轻柔的晶莹。

5

两个人的天空。

蔚蓝的天空连接着淳朴的土地,如同安静的两个人停靠在心灵的庙宇。

虚无的时光里,两颗心滴落成雨水的种子。心念流转,梦幻落根发芽。

晨钟暮鼓。夜半客船。

6

再卑微的心也是一个王国。

再弱小的一滴水也是一方汹涌。

再稚嫩的一片树叶也是一树菩提。

你是我国中的王,你是我世界的珍宝,梦里梦外与你一起扮演着心跳。

7

岁月不会苍老,如同一颗千年的传说拥有嘭嘭的心跳。

当我吻开你结冰凝霜的眉,当我捂暖你不屈的腰肢,当我染青你最后一根华发,当我摘除蒙蔽你心灵的那片枯叶,当我还原你生命的本真,哦,你的心,嘭嘭嘭,像一粒碎金滚落在我身旁。

不,陨石一样砸在我心上。

8

把梦想装订成册,把思念装订成册,把心跳、把眼角的鱼尾纹、把泛白的胡须、把飘落的青丝……统统装订成册。

把习习的晚风装订成册,把沉沉的暮霭装订成册,把火红的太阳、把妩媚的月亮、把不肯睡觉的星星以及变化莫测的霞光……统统装订成册。

天地间，只留下你我，静静地相望。

9

没有比牵着你的手往前走更幸福的事了，没有谁比你更重要，没有谁像你一样懂我，没有谁比你更疼爱我。

黄瓜与茄子窃窃私语，苹果与橘子交头接耳，大麦葵花拉起紫薇花的小手，豆浆迷恋着油条，小鸟与阳光在清澈的晨光中一起降临人间。

10

夜色像牧师肃穆庄严的长袍。

黑色笼罩下，万物相亲相爱走在赶赴黎明的路上，一声鸡鸣，地平线上倏地升起一轮火红的朝阳。

生死阔约，与子成悦。

《史河风》2017 年第 2 期

为了爱你（外一首）

■ 安然

为了爱你，我在体内像养虎、豹子
一种邪气也开始滋生
我努力做好沉默的准备
我喝掉很多盐水
如果可以慢一点，我还要
在体内参养更多的生灵
比如，我们一直追逐的鹰
它飞行的速度超越了云
也超越了几条河流
它开始慢下来，为了爱你
我豢养了更多的情绪
我背叛了一片森林

我违背了秩序
在村庄,我伤害了无辜的人
踩死了很多只蚂蚁
为了爱你,我在体内栽种罂粟
和更多有毒的植物
我做了很多危险的事情
为了爱你,我身上的火
险些烧掉整个春天

爱 情

感谢你赐予我惊喜、明亮
和振翅的力量,在大雪纷飞之前
赐予我优雅,和绵长的掌声

感谢你,赐予我恋人,一双
翅膀,温暖的手
和小提琴鸣奏

感谢你让我在莲叶上
摇曳多姿,百香果和紫葡萄
会散发香气,在水中

感谢你赐予我一个未来

赐予我日暮黄昏，和火车
行驶前长长的鸣笛

《诗歌月刊》2017 年 12 期

小小的幸福

穆晓禾

1

住小城市,写小稿子
过小日子,小小
这或许是我们一生的写照

一个小小的世界,容纳你
我,容纳花花草草

2

小小,一个喜欢坐在宝马里哭的人

究竟是一个什么样的女孩
这个夏天,棉花糖过于融化

五谷杂粮,益于健康
小小的身体柔软如泥

3

爱上诗歌,喜欢我
写一些分行的文字,小小
在一面镜子里,梳妆悦己

请保存你那如水凝脂的脸庞
正像保持那纯洁无瑕的心灵

4

贵贱只是一张脸
幸不幸福,那些树木
有着怎样的肤色

七彩的旗帜,弱水三千只取一瓢
拥抱了你就拥有了世界

5

那扇小小的窗口,除了窥视
让我伸出的手,要么被阳光灼伤
要么被你深深地叹息

一声声地呼唤,小小的你
心动如水,还是心如止水

6

小小,一张薄薄的邮票
还是一张薄薄的车票
在这个短信泛滥的年代,不值一文

不值得,我的诗歌已经贬值
口吐莲花,昙花一现

7

多想,日夜的天空蔚蓝蔚蓝
葡萄蔓藤的婴语,在七夕之上

重写经典,重分泾渭

我和你,面对面
一盘棋里下着我们各自的人生

8

朝朝暮暮,不相见
两座城市的距离
只是一张床的距离

为爱哭泣的泪水,打湿了玫瑰
谁的衣襟褶皱如春

9

承诺抑或谎言,比邻而居
答应爱,给爱一个花花世界

爱的天空,车来车往
小小,我们要么上入天堂
要么下至地狱,分食一碗粥

10

一步一个字,走过了多少桥
吃过多少盐,小小
滴汗如金

那些小麦,那些稻米
黑夜弥漫着饭香

11

喊你小小,一段空白人生
需要慢慢填写
加彩,涂鸦

头顶上面的蓝天,很大
大过我们的想象和目及
只有你的身影在树下摇曳

12

一根黑白蓝铅,谱写理想

一个小小的梦
有时就能左右人的一生

蒲公英只有在风中才能飘摇
向左刮，还是向右刮
最终花落谁家

13

外面又下雨了，小小
记得撑一把碎花伞
遮挡上面的小小天空

这个城市的雨水，在暴涨
向东流，还是向西流
唯有回家的方向不曾改变

14

这个季节常常被人忽视
被你我淡忘
一低头，一别经年

总在不经意间，回首往事

回不去的童年
回不去的是那些过去

15

熟了，快熟了
我似乎闻到了大片大片的麦香
小小，一只碗里盛满爱情
一只碗里盛满期许

一粒小小的麦子
犹如夜间花开的你
我不断深入，再深入
明天依旧朝阳如初

16

爱我，就别拒绝我
喜欢夜的人
常紧张夜的降临

一条路，过于拥挤
过于担心害怕
被挤掉的钱包和手机

以及他的影子

17

一杯茶，一支音乐
打发一段小小的时光
活着不过如此

你看，你不曾看过我的眼
一切呼啸入梦
我想你时，你离我有多远

18

走再远的路，也忘不掉
一曲儿时的歌谣
那里布满炊烟

你妈喊你回家吃饭
多年之后，你站在消失的村庄
路口，呼喊一个男人
和一个小女孩

19

谁不经意间走进你的生命
谁是过客
谁是口渴饮水走掉的那个人

旁白之处,没有画外音
现在是3D时代
重要的是参与

20

小小,我们源于感动
一滴水里
也能泛出大片大片的月光

一只漆木匣子,说芝麻开门
我们的日子就节节高
它高过村后的那片山坡

《文学港》2017年8期

随吟（外二首）

郭建强

她的心里有七十二种滋味
每一种都有爱情的苦和甜

她的唇间有七十二个否定词
每一个词都对爱情加倍肯定

我的爱人有七十二般变化
满心羞惭，她变来变去还是爱我

闪电

你的手指带着闪电

你的双眼蕴藏闪电

你的嘴唇饱含闪电

你的闪电缠绕在我的乳尖

你的闪电划亮我的胸腹

你的闪电点燃我的原野丛林

我也是一道闪电

母狮子

我的爱人怒气冲冲地瞪着我

好像一只黎明被吵醒的母狮子

而我知道，在毛衣下

那两个乳房是多么温柔

就算是温柔的母狮子

名字还是叫作母狮子

就算是一只母狮子

我爱人的名字还是叫作温柔

《雪莲》2017 年 7 期

想念的时候,注定要忧伤(外二首)

■ 扈哲

想念的时候注定要忧伤
哪怕眼睛里燃烧着闪电
面对大海也会溶化成一滴水
挂在脸庞
一朵醒来的鸢尾花
顾不得矜持
替我充当了信使
小心翼翼地
开出一朵朵淡紫色的蕾花
对我的沉沦
你却视而不见
仅仅如拂去

衣角的灰尘一样自然

月光如约而至
想念却在月光抵达前
蜷缩成无字锦书
静默无语
此时，一盏灯被点亮
可惜提灯的不是你
亲爱的
我只好任由一缕夜风
驾驭一切
想起或是忘记
快乐或是忧伤
都轻巧得如同长了翅膀
今夜
我只等着醇美的泪水
把我灌醉

那 蓝

眼睛的颜色
如波涛汹涌的海
涨潮又退潮
把我淹没

又把我救起
始终，一言不发
静得有些诡秘
远处流岚的呻吟
让风皱起了眉头
海，流出了一滴蓝

可以欺骗世人
怎可欺骗心？

鱼的每一小枚鳞片
即使被剥去
也不忘护住鱼的肉身
那蓝退去
又从月光里长出
蔚蓝色的深情

合上一本书，灵魂
在别处燃起一盏灯
柔软的
如初生的薄雾

透过秋凉的窗

一丝秋凉

在窗棂里静静穿过

朱红色的雕花

渗出一丝陈旧的疼痛

经年的伤口被夜色撕裂

一个隐藏很深的念想

在窗里支离破碎

时钟成了

一个有口难辩的俘虏

玫瑰色的纱幔透过秋凉的窗

盖住主人水青色的舞衣

轻得像一缕月光

挡住了回乡的路

抬头望月

皓月成了秋凉的同行者

柔情的,种在心里

明亮的

在窗里成了剪影

皎洁依旧

《香稻诗报》2017年夏之卷

爱（外一首）

李月红

和夜晚相比，我总是慢的那个
和阳光相比，我总是冷的那个
和你相比，我总是笨的那个
不会浸润
我总是没有勇气的那个

好冷的夜，我比夜晚还清凉
月光杯，斟满了一杯又一杯
我总是先醉的那个
你看，桃花都落了
梨花也追着一场雨走了
只有我，守着夜色阑珊

不知不觉,天亮了
都散了吧,爱已落幕

夜色里等我

我喜欢灯火闪烁
近或者远
像幸福扑朔迷离
喜欢一个人
在阳台上伫立很久
左手边的茶渐凉
右手边的绿萝
诗意正浓
相互勾连的灯火
成为彼此的虚影
渐次平缓的心事
比月色更深

一个人,在更深处等我
而我,成了夜晚的某一处细节
被慢慢忽略

《香稻诗报》2017 年夏之卷

世俗的爱情（外二首）

■ 张小榛

我把手机里每一个联系人改成你的名字，
然后低下头抱着它亲吻。
这样在其他人看来，我不过在玩手机而已。
橘子剥开流出汁液；有的爱人没法想念。
我在空无一人的楼道里呼唤你。
我写算法计算你，我雕刻你成独木舟，我已
二十一岁。
生命的消逝迫在眉睫，像每天的待办事项。
盖满穴位的橘子，埋在馥郁的黄昏之中。
好了，现在手机没电了。
没有什么能打扰我赴江边折蜡梅的计划，
除非后悔的事情发生。

榛　子

你知道打开榛子有几种方法吗？亲爱的。
用锤子，核子加农炮，用反编译软件。
今天校车没有关门，我的焦虑开阔如湖。
秋天来之后都是这样。
栗子在身体深处噗噗跳动，
核桃在记忆的睡眠里磨牙。
灵魂的灵魂中铺满灰色的榛子。
冬天里山前的灯落向地面，蟋蟀在梦里嘶
鸣，清晨的树上缀满榛子。
哦，不，是露珠。
你走了之后，榛子就盘旋在一切事物上空。
现在桶里剩的榛子都打不开了。亲爱的，
武汉昨天下雪又下雨。

仙人掌

仙人掌生长了六年，护盆草生长了十年。
仙人掌的刺留在窗帘上。

此刻你想到北方漫长的白日和干燥的马，

世俗的爱情（外二首）

马匹的气味如同老人。
哥哥，你靠在仅存的湖边喝着酒，胸前磅
礴的银饰宛若铠甲。
此刻世界边上也已经没剩什么词句可写。
哥哥跨在巨大的石头上，脸埋在肉髻中间。
哥哥，你的白衬衫将抵御戈壁的一切疯狂。

灰色而皮肤剥落的仙人掌伫立在窗边。
哥哥，我能在你身体附近闻到一场雪崩。

《诗刊》下半月 2017 年 7 月

相思的琴弦（三首）

■ 李 皓

想起焖子

昨夜你说好了想见上一面，黎明
你却改变了主意，没有任何征兆
就像那一年在太原街第一次吃焖子
记忆的鸟啄光了法国梧桐的树叶
我的心从此开始荒芜

想起你就想起焖子
粉籽、蒜泥、芝麻酱。轻易地
在唇齿之间留下莫名的芳香，它们
多么像一群听话的帮手，跟着

心怀不轨的我，把你绑架到
一首诗里

我曾经在西安路夜市，陪同
一个著名的女诗人吃焖子
她一口气吃了两碗，她流露的
童心，可爱，怀念，回忆。深深地
打动了卖焖子的大嫂，而我
只能别过脸去

离西安路不远的太原街，是我
这些年一直生活工作的地方
但那里的焖子我从来不吃，总是
觉得那里面有异样的东西
想起这些，想起你，我突然老了
突然觉得那漫长的一天天一年年
值得这样忍受下去

作别一枚含泪的银杏叶

那是多么硕大的一枚银杏叶呀
她先于寒流到来之前
抵达我干枯的内心
昨夜，深黄是一种大美

多么饱满。我的风尘仆仆
多少有些相形见绌

如此说来,早晨飞舞在窗前的
那些触目惊心的银杏叶
则是我从你身上取下来的
它们复制了你的美
留在树上原地踏步的,是你
落在地上四下飘零的,是我

你是在守株待兔吗?
而你等待的,是不是
在我心里怦怦直跳的那一只
它红着眼,像深夜里熬红眼睛的
动车车灯,狠狠地盯着你看
像盯着一生一世的冤家

而你终究是要飘落的
与我在某个角落,用一滴冬雨
相拥而眠。树上和树下
就是一片叶子与另一片叶子的距离
而银杏叶,只是千娇百媚的你
留给我无数个背影当中的,某一个

在雪中想起一个人

在雪中想起一个人
与在雨中想起一个人
其实没什么两样

只是雨变成了雪
而那个人
早已面目全非

在雨中想起一个人
是我在夏天写下的一个题目
只是光有题目没有下文

当我再次写下这个题目的时候
那场雨早已消隐于无常
而雪比任何时候,都更像雪

好吧,在雨中想起的
就是一滴雨。而在雪中想起的
是另外一滴雨

当雨站立起来
就是一个永恒的背影
雪之为雪，活血化瘀

《海燕》2017年2期

女孩和银杏(外一首)

■ 若颜

对于我的目光来说
陷入你的手指
也许是不错的选择
亲爱的,我用两种语言爱你:
一种是月光,一种是空气

离开那把终日沉默的椅子
我在房间里走动——
房子不大,三十平方米
伸手即可触摸到真理
城市陷入月光
这个夜晚,一杯茶,一支笔

爱情和闪电，究竟哪一样
在推动光阴，沿逆时针靠近你？
我身体里的河流
植物内部的火焰
一阵风追逐花的香气
黑暗中有一首歌在我的眼中枯萎

那些细小的爱情我可以忽略不计
那些细小的疤痕教会我缄口不语
梦幻的火舌，我嘴唇里的阳台
孤独的异乡人
喃喃低语被琴声引向哪里？

血液的长廊，生殖的锁链
我的身体被你的手破译
幽暗的冰与群星彼此打量
街上的女孩和银杏一起失踪
一切悲喜皆可入诗
我跳起脚尖亲吻月光
我的爱因此有了光的质地

风在吹

光线不多不少
刚好能看清你
风吹大地：天说凉就凉了
你的声音比云朵轻
比远山还要再远一寸

我够不到你。天那么蓝
我用风、用云、用黄昏
还有天空一样博大的心
去爱这一世疲倦的肉身

借用你的青春和孤单
爱逝去的事物，及其周围的黑暗
爱四季草木，爱亲人的缺点
无视责怨和攻讦，爱上夜晚

风顺着我的意愿吹：万物在心
我爱远方的灯火和头顶的星辰
也爱不完美的剧情和苍茫人间

《诗刊》下半月 2017 年 7 月

飘移

■ 朱胜国

你提了一篮涛声
漂洋过海来看我
我备了三十年旧时光
斟了满满一杯感慨
碰响这徒剩钙质的
生命之杯

三十年,我们各居一隅
各行其是,各自享受
和忍受。生活沉重如石头
我们沉默如石头
所谓重逢,无非是

飘 移

一颗伤痕累累的石头
想从另一块伤痕累累的石头中
获取火星。正如你知道的
除去易碎和疼痛，重逢
无非是言不及义的安慰

送你到机场
沿途杨柳整齐排列
舞动古典的身姿
似不宜再折枝赠别
我只好赠你一朵彩云
是的，这年月
每件飘移的东西
都会随物赋形

伴你起飞的
还有一群大雁
它们一路向南
遵循古老的轨迹

尽管天空仍有
星光闪烁
但谁能说那是
大地的灯盏？

《诗刊》下半月 2017 年 7 月

我缺少人间的爱（外一首）

张元

很多年以后,我飞走了
就像我从没有出生一样
或许,会被人记住一些
我的指纹、血脉、眼泪
包括那年写给你,那封未完的信
我也曾不止一次地相爱
但命运,总是给予我相似的孤独
玫瑰于我更像是,一个美好的隐喻
没来得及触碰,就害怕了别离
我不知道你会不会离开
但我还是想爱,认真地爱
我学会了一半等待

一半流浪，黄昏时为你写诗
然后期盼在你的眼睛读出它的含义

江　湖

我们相视而坐，都没有说话
这些浅薄的语言并不能表达出想法
这些年，我们路过的风景
不过都是瞬间的光鲜。随着时间打磨
终将显得破败不堪
浮生半世，也就一壶茶的时间
其实，我们可以聊一聊生离死别
也可以聊一聊成王败寇，但他们都虽败犹荣
沉默在日子里的卑微还将继续存在
被抽走的灵魂，比肉体更适合潜伏
也就谈笑间的事情
命运在江湖中看见了自己的影子
近的可以听见你隐藏的心事
远的却容不下，我只身的荒芜

《牡丹》2017年6期

情书·致你们(外一首)

吴向阳

当你们飞走的时候,你们是爱人
而天空只看作是不相关的鸟

给我一个夜晚来装走十个夜晚

你们的身体里有一个草原
我居住在你们的西北
紧挨着那些爱散步的树

我饮你们的旧日子而醉

你们说鱼在水中,你们说没有看到鱼在流泪

其实水就是鱼的泪,就像风

我们看不见,但树枝都记得

向彼岸致敬

你为我解释此岸和彼岸

是时,上有天,下有地,中间有我,旁边有你

你说:此岸是我,彼岸是你

我说:好吧,如果一生是一天,我愿意是你的下午

如果时间可以轮转,我愿意把前世装进我们的今生

你说:一条小河的此岸和彼岸

对大江来说都是此岸

大江的此岸和彼岸

对海来说都是此岸

是的,沙洲内敛,群星向西

海洋的此岸和彼岸

在一次回望里,不过是时间里的一个圆点

《星星》2017年6期

在你完美的手指中
（外二首）
■ 波斯维亚托夫斯卡

在你完美的手指中
我只是一丝战栗
在你温暖之唇的触及下
一曲树叶之歌

你的芳香撩人——它说：你存在
你的芳香撩人——它带走夜晚
在你完美的手指中
我是光

我犹如绿月亮，照耀
在死寂黯淡的日子上

你突然知道我的嘴唇发红

血液随着盐味涌上来

叫我的名字

叫我的名字

我就会来临

我的灵魂

叫我的名字

不要问

我的名字是

飞鸟的名字

还是一丛

生长到大地之中

把天空染成血色的

灌木的名字

也不要问

我的名字是什么

我自己也不知道

我在寻找

我在寻找我的名字

我知道如果我听见它

我甚至就会

从地狱深处来临
跪在你的面前
把我疲竭的头
放在你的手中

隐喻的矿藏无穷无尽

隐喻的矿藏无穷无尽
纯粹出于嫉妒
它们张开的深处恫吓
黑暗
我需要生命？水平的
我需要生命？低低的
我不需要深处
我不需要越过
或站在旁边

我想让它盘绕在
突出的墙壁四周
野葡萄藤的织物
我想让它攀缘窗户
门
它的气味
侵占房子

环绕我的心
无法摆脱的那片大地

我想成为湿漉漉的草丛
在你的嘴里
在你的手里
我只想成为湿漉漉的草丛
直到我失去呼吸
我只想成为愚蠢的草丛
在你的脚畔
生长在路边

《文学港》2017 年 8 期

爱的花园（外一首）

■ 春野

都说春天是爱的花园
像我手中颤抖的世界
或许，赠送是夜的习惯
就像夜赠送孤独的彼此
像锁链锁住心的赞美
你的眼神远离灵魂的美
探视彼此终结的回味
方式发生的时刻，我们
发现自己和爱是孤独的
花园，但愿没被孤独试探
迷失的另一边

我们的天堂

你的眼神留在我的手臂里
就像咖啡壶里你的灵魂
虽然声音是看不见的躯体
但我已闻到了那种惊恐
像我书写世界哀凉的身子
我没见过塞纳河,但我知道
威尼斯是最温柔的泪水
像东京神田川水流的镜子
我之所以涂写喷溅的火花
为了上帝和我一样,温暖
祈祷的方式,像我们的天堂

《大别山》2017年3期

我的身体里藏着一颗太阳（四首）

■ 鲁蕙

想起爱情
犹如，体内有一颗太阳
仍然会让我眩晕
找不到如何去适应这种想象
它就像藏在茧内的蝴蝶，飞呀，飞呀
丝毫不会感觉疲倦
这些在你面前，几乎是透明的
所有的一切，沉浸在柔和的光里

这种近乎魔幻的思维运动，始终
驻扎在我的舞蹈里，延伸每一个情节
如影随形

欢快的，忧伤的，凄美的
缠绕着四肢
我必须告诫自己，准备随时快速走开
握住知觉
去看山，看水，看河流

除了草木气息，还有雨水

沿着雨水的方向，季节在眼睛里开花
芦苇丛，莲花池
湖边是垂钓的人，神情专注
你的叹息清晰起来
这一刻，我多像一个孩子

泪水顿时溢了出来。奔跑出来的
还有隐隐的疼痛
如果有一天，你不再记得这个夏天
眷顾这片地方
我将掩埋自己，不想成为谁的美人

流水声远去。你轻轻吻去我的泪水
宠爱这张姣好的脸
晚风低头，在暮色中徘徊
你终究抵挡不了，前世遗落的容颜

孤独倾斜,缓缓流向每一个雨天

归去来兮

当黄昏倾巢而出,覆盖大地
灵魂回到体内。就这样安静下来
柔软,孤独而宁静
我习惯相信夜色,不会像白天那样
扮演某个人,做着某件事

只有到了夜晚,等到月亮升起
我才是你的美人
如果我爱你,就必须忍受所有的疼痛
正如春天的花朵,永远乐此不疲地盛开、凋零
这一切,又凝结多少泪水

今夜,没有雨水。也看不到月光
你的面孔莫名地模糊
而往事是美好的。我起身撕下黑夜的外套
深一脚,浅一脚
来到你的面前,做你的女人

雨天，特别想你

有时候，我会想这些雨水
是不是从我的眼睛里流出来的
我喜欢雨水滴落的声音
就像，我是春天的迟到者
对很多事物产生疑问

雨天，心事稍不留神
就会泄露出来。长长短短
徘徊在林荫路的每个角落、树丛、花草间
我只好把这些留给梦
也许梦不会停顿

万物总有苏醒的时候。爱也是如此
我留恋你的气息
就像前世，你在雨天
一直等我

《大别山》2017 年 3 期

今夜月色有什么不同

刘郎

我不要你的答案，我不要你说
一就是一。我要你说
出走的那一部分
我要你说"我爱你"时
恨的那一部分
我还要你的坚持
酒后的胡话
在月光下分明感受到的雪

我要你一再确认的，早已不是你了
敬畏不再敬畏
怀念不再怀念

孤独的时候,就看一看脚下的影子
孤独的时候啊
就看一看脚下的影子

《大别山》2017 年 3 期

来过(外一首)

陈墨

天亮的时候我仍是个孩子
万花筒对准你的眼睛
转成番茄
转成草莓
转成滴水的樱桃

那些抽象让我长大
生命中难免莫名的天晴和下雨
我打起伞与你对望
你眼中凸起一片落叶的脉络

是否你真的来过

来　过（外一首）

窗前的纱帘已被春风吹醒
摇摆的树影
亦如梦里羞怯的想法
只待向黑夜借一处遮掩的屋檐

若你要来
请趁在黎明前
用情话追赶月光的步伐
抱紧燃烧的金阁寺
捧起不愿凋谢的昙花

你来过
梦中总有个坚强的少女
说她来过

你的生日

中心广场人来人往
脸上都有你的影子
今夜你含情脉脉
我拼命逃离人群
向着家的方向
落叶悄悄
成了时间的里程

黑暗的房间只有我自己
月光的窗户澄明
今夜我不愿道别
跛足的风
在重复中衰老

我点起一根蜡烛
等你一起吹灭

《青岛文学》2017年8期

晚上一块吃饭吧（外一首）

庞典典

晚上一起吃饭吧
这句话，最重要的字眼是
一起

一起走到餐厅
桌上的鲜花一点都不矜持
连香味里都蔓延着心跳声
透明的水杯被我的脸颊染红

吃完饭，一起去逛街
晚上的霓虹灯像是天上陨落的星
在整片星河里给你挑一件白色的衬衫

这个时候我们需要跳支舞
街头艺人弹着吉他来伴奏
我们还可以一起去看电影
趁着主角睡着的时候，偷偷吻你
镜头害羞得都转了头
如果你愿意，我们拉着手
听完这支片尾曲再走

现在是九点五十分，你说
要不要坐在公园的长椅上
一起吹吹风

接下来……丁零零……
我被电话吵醒
噢！原来是一个梦
只听电话那端的你说
"晚上一起吃饭吧"

亲爱的，我想送你一个空房子

亲爱的，我想送你一个空房子
用一本书做窗户
无聊的时候，打开它就是一个新世界
用钢琴做地板

晚上一块吃饭吧（外一首）｜

开心的时候，光着脚丫跳舞
把天上的星星摘下来为你装饰墙壁
难过的时候，数一数
天花板就是整个天空
孤单的时候，抬头望
密码是"我爱你"
想我的时候，说一句

亲爱的，我想送你一个空房子
嘘……
这是一个惊喜
读到这首诗的你要是知道了，可千万别出声

《飞天》2017年6期

我是你的女人

刘凤

我翩翩地
如约而至
你是否永远像现在这样
把我等待

我轻轻地
随风而舞
茫茫人海
独寻你那耀眼的风采

我悄悄地
伴你每个夜晚

我是你的女人 I

小鸟依人般
融化在你滚烫的心海

我今生的降临
注定是为你而来
不是为了看日月变幻
不是为了看花谢花开

《大风》2016 秋冬合辑

切一块黑夜送给你

张庆岭

再一次想起你,我便突然产生了这样的冲动——
切一块黑夜送给你。

里面——肯定有我的鼾声,呓语,还有六十年的梦想。一间红房子,在你我相向奔跑的中间,渐渐变小、变亮、变成一滴泪。
山,是软的。水,是硬的。路,思绪一般缠绕着我的呼声。

你在局外。淡定。自知。一无所求。
左手,一本书里夹着枫叶形的相思,
右手,五指清秀,一副舍我其谁的样子……

切一块黑夜送给你,

不大,不小,不多,不少,正好等于——我们错过的一生。

《伊犁河》2017年2期

七月书（外一首）

■ 水沉烟

七月太长，哥哥
思念是工整细密的楷体
七月太瘦，哥哥
眷恋如携带闪电的草书

七月雨水行空
哥哥，你看那些快意的痛
看那，一滴一滴的墨意
正在渡纸上一世的
烛花迷离

哥哥，天青处

已逝的烟雨
失手,打碎一件
旧瓷器

此时,暮时

此时,暮色渐深
群山关闭了鸟鸣
风从远方来
没有你要的音信

此时,暮色渐深
树叶重复地落下

往事斟满泪水
摇晃着来袭
思念的现场一片狼藉

此时,暮色渐深
空气中充满潮湿的寒意
心跳凝结成睫毛上的冰
夜,等你
来,脱帽致敬

九月书

天空滴落温柔的蓝
雁鸣裁剪空山的静

挂在树梢上的风声
斑驳着夏日里的旧事
西楼上,采摘词语的人
不再怜悯,云中
锦书里泛黄的哀鸣

月白再次扑灭,风清
内心鲜艳的悸动
我爱的你
在远方,活着
淋雨
一条路渐渐长成
流水的距离

还要动用尘世,多少
夜的安宁,才能听见
庭外,梧桐上

七月书(外一首)

第一场秋霜里的雷鸣

《五松山》2017 年 4 期

我看到电话那头的你（外一首）

■ 韩万胜

我看到电话那头的你
枕着时光之书
翻阅半壁江山

我知道这世间有一种真
是奋不顾身的爱
和奋不顾身的痛

激情储满每一个细胞
火焰在每一滴水中燃烧
我隐隐地感到，你蝉翼般的颤动

我已修炼成佛，一尊爱佛

揽攥所有的阳光，镀你，镀我

镀一段黄金岁月

我

我把今夜的月亮偷偷地揣入怀中

我让一群星星，茫然四顾

我不要醉后的我

也不要清醒的我

我在你的脸庞上行走

我在你的眼睛里游泳

我在你密密的长发间低语

我在你洁白的胸脯上

听我的声音

我在太阳未升起之时出发

我在你即将关门的一刹那，惊呼

我的神

《延河》下半月 2017 年 7 期

情人药(外一首)

顽钰

今晚的忧伤不同往日
它咳嗽得厉害
纵然已拿眼泪熬了半碗汤药
但依然不见成效
这可怎么办好
一个你
教人把身子搞成这样
再也讨不来诗卷
再也没有地方取暖
只有一个干瘪的裸体
晾在白色床单上
等它炼出药来

忘记你

忘记你?
怎么能够?
你见过有谁会忘记自己的胎记?
你见过有谁会忘记自己的爱好?
你见过有谁会忘记自己的姓名?
你见过有谁会忘记一日三餐,明月星宿?
你又见过谁会坐在酒馆吐着香烟抿着清酒
喊着遥远的名字?
所以,我不能够将你彻底忘记
哪怕只剩一节碎小的骨头
也足够我的余生为之欢喜
于是,我妥协于这夜夜难眠的方寸之间
我委身于这冰冰凉凉的木板之上

《延河》下半月 2017 年 7 期

杏儿

赵希斌

杏儿
我知道你在村里
一直向我张望

杏儿
你穿灰色土布衣裳时,是一棵树
你披上白纱的时候,是一朵花
现在你回到我的手心,是一枚果
酸酸甜甜地述说抱紧的一粒苦

杏儿
其实你不是谁,谁也不是你

杏 儿 l

你就是杏儿,我的手心
是你轮回的起点和终点

《牡丹》2017 年 8 期

我是一个多话的女人（外一首）

■ 张海波

亲爱的，不要怪我

睡眠太少，话太多

时钟的嘀嗒声老得比你我都快

我多怕有一天

躲进坟墓里

还有那么多想你的话

被噎在胸口

沉沉的

吐不出，也

咽不下，让我

在死亡的睡眠中也

辗转反侧

自言自语

哦,亲爱的,原谅我
你不在的时候
我并不总是孤独的。我静静地
看一只蚂蚁把食物搬过来搬过去
看蜘蛛在时光里结网,那蛛网上
密密麻麻地粘满它的闲言碎语
我也写诗,写与你无关的文字
我看着一朵花从打苞开始
到长出皱纹,直至结子
亲爱的,我承认
看到这里时我有一点想你

《岁月》2017 年 1 期

像一棵树一样爱你（外一首）

■ 蒋戈天

像一棵树一样爱你
以挺立的姿势，以清风明月的手臂
也许，只会拿出最嫩的一片叶
最深沉的一圈年轮
或是一抹倾斜的疏影
一朵蝴蝶亲昵的花蕊
去爱你——
以百分之一甚至千分之一的比例
细细爱你，兑现小巧而慷慨的方式

更多时候，要借一角天空
两颗水滴

三道月光,四缕晨曦

去爱你;借五钱鸟鸣,六盏米酒

七首唐诗,八阕宋词

去爱你;借九回花开,十次结子

百年金黄,千秋长青

去爱你——

以无数个我,无数个时点

秘密爱你,安抚柔软而弥久的心

窗 外

满天的月光

一地的相思

在眼底,盛开洁白

一千年的心动

一千年的等待

在窗外,轻轻凝结

结成天空那一轮明月

结成岁月万年的霜雪

如果我是电,是光

也不会穿越这堵墙

只愿是一缕清风,一束阳光

甜蜜地依偎着你

任泪水轻轻划过脸庞
有一种美丽叫作距离
有一种幸福叫作守望
如果仅剩下一秒钟的呼吸
我也要为你而站立
站成一棵思念的道旁树
永立道旁

你走了，天空从此大雨滂沱

一袭红衣消失在幽暗的小巷
消失在细雨蒙蒙的视线
无尽的疼痛，化作锋利的，雨
打伤无数孤独的
夜晚。恨不能给你一方拭泪的手帕
给一座可以依靠的山

当爱收拢了翅膀
心和天空的羊群一起流浪
想忘记你，尽管生活
没有了米和阳光，日子成为一块铅石
压迫在无法入眠的心房

在每一个寻找的驿站

飘散了家的炊烟
在每一处伤心的渡口找不到
那只摆渡的船
你走了,天空从此大雨滂沱
打湿了时光
打碎了一地花瓣,此后
无穷的岁月,便成了一把湿漉漉的伞

《乡下的麻雀》,类型出版社2017年1月

致君兰（三首）

常忆兰

一场寒潮的记忆

君兰，今夜我在阜蒙河畔
正在经受一场突如其来的寒潮
没有星光灿烂或是灯火阑珊
落叶在雪阵里像一张张无法送达的情书
零落成凄婉动人的孤独

我突然想起那年的一次寒潮
你在我怀里瑟缩着大喊
脚，快看我的脚呀
还用看吗，你左脚裹着我的书包

右脚套着我的棉帽,你说
这是人间最好的情书

哦,君兰
都四十多年了
这场暴烈的寒潮
也该寒到了你现在居住的那座城市
不知你此刻的窗前
是否也有一片落叶,飘零出
那个久远久远的记忆

我还是舍不得你

君兰,我还是舍不得你
尽管你把照片悉数收回
尽管你把情话绵绵的信纸燃为灰烬
尽管,你跺着脚恨恨地走了
可你长发飘飘的身姿
在岁月的潮水里至今都不曾消退

我还在这座县城居住
春天的桃林
秋天的阜蒙河畔
年年都有我守护的身影

君兰，我不是傻啊
那里有我们共同的足迹
我是在渴望你的倦鸟归林
渴望你踏上旧时的归途
渴望有生之年的一场不期而遇

没有你的这座县城
哪还有夏日的火红与火热
哪还有冬季雪原的洁白和静美
可我依然像一位少年
依然夏天背心冬季平头
不是我在展示胸肌
也不是至今仍没有长大
君兰，我是怕命运让我们重逢
却不给一次彼此相识的机会

没有你的日子里
我就白天读书夜晚写字
我知道，你烦我说话粗鲁
信也写得太干太烂
我现在都读成作家了
还会写柔情蜜意的情书和情诗
君兰，你信么
我的思念一扎一扎

就码在你曾经倚过的大木箱里

哦,君兰
想起你跺着脚恨恨地走了
想起你长发飘飘的身姿
都四十年了,我仍然锥心裂骨
我是愈老愈清醒啊
至今,至今
我还是舍不得你

今夜我又失眠了

君兰,今夜我又失眠了
我拍着老腿一遍遍想
你会不会在另一个遥远的都市
把睡眠也丢给思念的小城呢

你曾经答应过
要坐在我自行车的前杠上
就那样无羞无耻地来一次穿街走巷
你曾经答应过
在最最热闹的影院门前
上演一场最有力量的拥抱
你曾经答应过

要把初吻坚决留住
只有我，才是你的初次你的第一
而且是今生今世你的唯一

我想双手合十问问
今夜你也会想起这些吗
四十年的潮涨潮落
会不会把你的许诺淘洗成沙子
沉于水底或晒于岸边
却不给记忆留下小小的一粒呢

哦，君兰
家乡的这座小城今夜星光璀璨
我在等待东方的一轮红日
从失眠的天际
款款走来，冉冉而升

我说过我不会放弃

我喜欢看你屋檐的红瓦
喜欢抚摸青色的墙砖
喜欢听你窗前树上小鸟的歌唱
喜欢俯下身子
长久凝视路边的小草和碎花

致君兰(三首)

哦,君兰
我说过我不会放弃
你看,我的习惯至今都不曾改变

都四十年了
你旧居的砖房树木和花草
像你杳如黄鹤的离去一样
其实,早就变成了高楼大厦
可我总是习惯于这样的寻寻觅觅
总是能够从林立的钢筋混凝土里
看得见当年的粉色窗帘
和羊角小辫一闪一闪的朦胧剪影
君兰,我说过我不会放弃
就为你晚归的时候
每一个恋恋不舍地转身
和那微微上扬的迷人的眉梢

人们都说
放弃吧,都四十年了
我眼里笑着
心里却非常坚定地咬着一个字
——不
你这样的女子
没有一生的等候和来生的苦守

哪里会有第三生的花前月下
和三生有幸的花好月圆花团锦簇

哦，君兰
我说过我不会放弃
如果人有三生
我愿意为你在第三个生命轮回里
再造一座青砖红瓦的房子
咱们西坡点豆东地种瓜
咱们房前植满四季不败的花花草草
屋后植一片茂林修竹
粉色窗帘内我要真真切切
看你闪动的羊角小辫
花红柳绿里我要多角度欣赏
你微微上扬的迷人的眉梢

《清颍》2017年6期

致鲍鲍

■ 麦须

在这儿,我有的是故事
那些破旧的门,洞开之后都是故人
但现在,除了鸟雀空无一人
屋脊塌陷之后只剩下凋零的墙

你似乎饶有兴致,倾听着
我的说辞模糊不堪
这预言般的瞬间,我将记忆
埋葬在消失的过去

一切都尚未结束
一切的一切都在废墟之下呼吸着

所有记忆之前的记忆
只在某个时间裂隙悄然出现

但这并不真实,这儿的一切
都出自我的安排
谁在这出现,谁又在那儿徘徊
还有那个假设的我

我相信,你终于会染上这俗世的清虚
就像我,穿过黑夜和雪来到这里
我知道,在我将死之时
不会感觉到你手上的温度

《延河》下半月 2017 年 6 期

妹妹

项劲

忽然就夜晚了
对于等候中的春天
时间已足够奢侈

花儿会不会
寻找最适合盛开的街角
你在张望什么？轻袖曼舞

妹妹，今天我坐在家里
坐在一杯茶的面前抒情
珍藏二十年的普洱火红如一朵玫瑰

我想要喊出，你的名字
灯火通明，照亮我的脸
一杯接着一杯喝下去的想象

枯肠搜尽，两腋清风
梦都在上面
谁给风儿，插上翅膀？

《蓝鲨诗刊》2017 年 1 期

我们（外一章）

■ 丁薇

人间的波光，
在一条大街上流动
被狭小的房间收容。

我们在白天牵手、散步。
我们在夜晚亲吻，挥霍汗水。
我们在重复人类的初衷
历史再次还原成现实。

只是一天，
时间已经足够。
这镀金的成色多么坚定，

从表面开始,坚硬的质地已经形成。

我们完成了爱情的所有形式。
当白天再次取代黑夜,
我们也将涌入人群……
在一条盲目和必然的道路上
读出人世最后的秘密。

门

狭小的空间
所有的情愫在酝酿
灯光、我们、摇曳
咯吱一声,
像发出的最后警报。
开门的瞬间,
我们必须忘记彼此
像两条相交线
短暂的相遇后
融入更广阔的虚无里。
门槛上——
我看到爱情跨过的痕迹。

《星火》2017年3期

秋（外一首）——给小秋

■ 方石英

一片叶子，就是一封信
带来你柔软的心跳
秋，在秋天
无数叶子飘落窗前
我的回信却只有一首失败的诗
秋，在故乡
在小镇迷茫的晚风中
我们一次次相遇又别离
秋，在他乡
在所有人都以为我完蛋了的
一九九九，你是唯一
相信我，投奔我的傻瓜

一片叶子,就是整个世界

在秋天,我们的孩子

学会喊爸爸妈妈

愿　望

去天空打铁吧

用黄昏赤诚的寂寞

锻造一把镰刀,一个人

收割往事

翻七七四十九座山

只为盗取仙草

让远在天边的你

突然醒悟,其实

我是一个不坏的坏蛋

选择秋天回到海边

在星空下喝酒

在波涛中死去活来

我把石头与盐粒

统统还给你

只留一根乌黑的长发

裱在宣纸上,等你

白发苍苍的那一天

秋（外一首）——给小秋 |

我要把这段细细的青春
亲手交还给你。

《浙江作家》2017 年 5 期

春来了,带我奔向那片有你的天空(外一首)

何春燕

厚重。纤薄
云朵仍隐在原地
逆着风,我的梦与你的距离
像这个二月的春
隐秘地贮藏了一池的风雨

十指紧扣。
低头的一瞬
处处是你布下的天罗地网
喊着你的绰号
我仅仅抓住了一个随风摆动的念头与姿势

春来了,带我奔向那片有你的天空

心,只要有你

无论多高与多远

时光可以更绵长一些么

自始至终,我是比你更害怕燃烧的

好雨知春

一路奔跑,跃动

经年以后,我仍在寻找与天空的清澈对视

唯独,我不是生命的智者

唯独,那片天空不曾有雨

春来了,带我奔向那片有你的天空

心,只要够真

无论天阴与天晴

翻云覆雨的是凉薄的岁月

这个万紫千红的春会在心里生根发芽么

遇 见

躲避不及,我差点哑了声

你挺直的身影落在街头的一角

谁说这不是一个巧合呢

这个春天的早晨,手心还浸透着季节的寒凉

我却感受到了，从外到内的潦草

迎面走来，阳光投射了一路
我始终抬着头，不肯轻易表露卑微
那一刻真寂静啊，眼前似乎没有一点的荆棘
世界宛如豁然开朗
我缓缓地挥着手，如欢快的舞蹈

向前。穿过一段遗忘的路
我希望终点仍在遥远的前方
背过了身，我们的双眼有液体在闪动吗
匆匆。加快了逃离的脚步
不动声色。没人留意遇见你的慌乱
恰好砸痛了我曾经麻木的神经

一圈，又一圈。我绕着街中心的木棉树翻转
摇着头，如酒醉的汉子
转身忘了就忘了吧，承诺太重
一种不显山不露水的笑，落在了柔软的心尖
我祈祷，下一次最好的遇见
是燕子南飞的时光

《蓝鲨诗刊》2017 年 1 期

抵达你,便抵达了阳光(外二首)

旻旻

"离别,就是死去一点点"埃德蒙·阿罗古说
从秋天到冬天,不够让我用来送别你
每天,仿佛都在死去一点点
我看到昨天,以及无数个意味深长的黎明

你离开后,你又一直都在
念想的叶子里藏着起伏的忧伤和欢喜
如同死去的枯叶,每天都在重生
一朵花的深情,无论在枝头还是泥沼

抵达你,便抵达了阳光

冬日午后

午后的阳光正好
仿佛春天提前来临
我写着诗,偶然抬起头
泪水,不经意就滑了下来
阳台上的三角梅,她的笑靥

明媚得要把冬天撑破
我想起了远方的你
你还没来过我繁花碎落的阳台
没看过我生生不息的三角梅

落在我身上的阳光,也落在三角梅上
时间止于此,阳光,也止于三角梅上

真想和你聊聊我的三角梅
她的柔韧,她高蹈于生命的爱
聊聊当年那些热爱三角梅的朋友
如今,他们有的在路上,有的在天堂

苏花公路

遇见是一种缘分,出于上天的眷顾

仿佛某种蓄谋已久,装扮成偶然或意外

逃跑的人,来到了时光之外的异乡

风暴也来过,抚摸过每一株草木每一片花瓣

留下折断的树,带着盐味的泥沙和岩石

穿过百年的隧道,幽深和阴冷被妥帖安置山中

诗意在洪荒的自然里,慢慢展开

云朵和浓雾互相缠绕,风从海洋吹来

带来蔚蓝,白浪和成群的天使

爱情在山的身体上展示她的颠倒众生和百孔千疮

沿着海岸线,太平洋越来越开阔,包裹起日常

阳光仿佛来自天堂,完美地照耀着每一样事物

每一朵此刻盛开的浪花,低回或激荡

都有一颗过于柔软的心

《蓝鲨诗刊》2017年1期

七夕（外二首）

王晓波

我又把天街的那盏红灯笼点亮
你可要看清去年渡而未过的天河
姐姐，我每时每刻都在为你写诗
你的名字是我最钟爱最心疼的情诗

我们是海鸟浪花

今天，只关心爱情
只想你我瞭望的远方
在海边，看海鸟
在丛林筑巢在天边比翼
看浪花涛涛亲吻海岸

相拥亲昵笑容可掬

依偎翩然穿梭深海珊瑚如游鱼

海天浑然一色 -

天地间只有你我

我们是海鸟浪花，是欢乐悠然

只想和你看海的辽阔

冷暖自知

希望我爱的人终生温暖

希望爱我的人满脸欢愉

时光锋利，我如厚钟撞而

无语。只言安怡不言殇

《蓝鲨诗刊》2017 年 1 期

遥远的想念(组诗)

■ 杜鹃

你的名字

从认识你那一刻
你名字
便深深印入我脑海

不管山海如何变化
岁月如何远去

可你依然
刻在我的脑海里

爱，如画
深刻挥之不去
爱如诗
如痴如醉

美丽的夜晚

在这美丽的夜晚
山清水秀
月明高照

这样的夜晚
星星唱歌
嫦娥在月中伴舞

今晚我成了女主角
等着你
为何你迟迟不来
为何总听不到
那三个字

只可惜了
今晚月色皎洁

安静的梦

轻轻地
采下一朵花儿
写下一首诗句
记下悠悠欢喜
染上我此时的情意

将散落的文字
重新拾起
走在盛开满园花儿的石板路旁
遥望你经过的身影
闻着淡淡的花香
看着远方的你
从此
我便不再孤单

当花儿不再凋谢
时光不再清凉
我的文字里
是否还有红袖添香
在花开花落之间

寻找着这个梦

让一颗安静的心
安静的情怀
来到心灵深处
简单优雅的生活
如此就好

《未来》2017 年 3 期

老瑶,我又要去见你了
（外二首）

■ 彭仁玲

我相信你在
就像相信
黎明会开一样

相信你,我才把自己空出来
才去走那条路
那条路,弯弯曲曲

那条路,如我一样空着
它在等我去填满
它伸着头颅,像遥望另一段路

爱情隧道

你去了远方
把笛声也带去了
带去的笛声很健康
余下的,则悬挂轨道两旁

没有了笛声
雨也止了
年年的风吹日淋
铁锈都胀出了痕

如今,一弯腰又是一春
一弯腰,地上又落满鸟鸣
当年写给你的信
却还一直在延伸

我已抱不出更多的花儿
来让每一棵树倾听
其实,我比她们更清楚
大家需要的,都不是花朵里的回应

目　光

你应该让它安静下来

我认为它不会冷
也许我们可以促膝长谈一次

如天空，奔马，或飞鸟
或一条路与另一条路的对峙

谈河流竖起来的样子
谈白云前进的步子
谈你前进的步子

你能让它先安静下来吗
你瞧，只有一颗安静的心
才足够支撑你踏上漫长的旅程

《相山》2017 年 3 期

打工时代的爱情

■ 大枪

这是两棵客居远方的树
一棵南木,一棵北木
它们追随月亮的轮子走到一泉
月亮是树木最先触摸到的鸟笼

月亮把它们的身躯
照耀得赤裸而颇具质感
在月亮面前,它们无须隐瞒什么
展示赤裸,是黑夜的需要

两棵树从树阴到根须拧在一起
是苦难和希望启示了它们

让它们对神祇立约,从子宫开始
从身体中最为原始和黑暗的地方开始
然后在黑暗中放牧萤火

在每个早晨来临的时候
它们都要采集叶脉上悬挂的露珠
因为露珠里居住着许多下凡的月亮
它们不愿意做露水夫妻
因此借月亮来存放情人的盟诺与体味

江湖相传,这就是树类的爱情
它们风里来雨里去地簇拥着
枝丫攀紧,树阴融合,通体倚靠
时而交换着彼此的体温

一南一北的两棵树就这样生活在一起
生养小树,捕捉月亮,装饰风景
它们就这样陷入了灵长类的爱情
并用枝叶和根须策动着地上和地下的河流

除此之外,它们并不会去谋划一场叛离
只要身体还在应该在的位置上
只要河流不会干涸,就已经足够了

《打工诗选》2017年冬

随风飘逝的爱情（四首）

■ 刘贵高

告别，或许也是一种开始

戛然而止。天空弥漫着忧伤的词语
簌簌而下的泪水涂抹别离。妹妹
姹紫嫣红之后，便是繁花散尽
告别，或许也是一种开始

最美的相遇定格在那个明媚的春天
任凭叹息，一点点在时光中流逝
把爱融入记忆，把一盏灯高高举起
渐渐收拢漫天飞翔的羽翼

因为爱，许多的过往总是无法释怀
默默地承受着那份痛苦，妹妹
你就像一个爱情的奴仆
被掌控它的主人鞭打得体无完肤

走过熟悉的街角，看到相拥的背影
便会情不自禁地想起一个人的脸
疯狂的感情，常常在回忆里挣扎
而你却再也找不回最初的单纯

破土而出的爱情遮蔽了初潮的天空
伤感，只为那难以磨灭的印记
不曾后悔，也不曾怨恨。妹妹
你紧紧地捂住那最深最疼的伤口

爱情原来可以说走就走

当爱已成往事，妹妹，你在苦笑
前世的五百次回眸才换来今生的
擦肩而过。因为爱过，因为伤过
缘分的天空，淅沥着小雨

爱过才知情重，醉过方知酒浓
轻轻拥抱记忆中的温暖

午夜的烛光，总是泪水涟涟
爱情，原来可以说走就走

曾经的诺言了无踪迹。妹妹
请擦去脸颊的泪痕，深深呼吸
不管当初受的伤有多么的深
人生的路上，要学会放弃

爱在左，情在右。握在手里的
不一定就是你真正拥有的
当你拥有的时候，也许正在失去
爱与被爱，都是幸福的事情

把最美的微笑留给伤你最深的人
把最初的吻，抛给绵长的雨季
既然爱情原来可以说走就走
妹妹，你为何不乘着风远离

再也无法回到浪漫的季节

一支纤瘦的水笔，竟写不出那个远
画不出那个缘。那些落寞的感怀
在落叶纷飞的窗前凝固。妹妹
阳光已从高楼的缝隙间升起

浸透风雨的爱情，泥泞了青春的路
而你却再也无法回到浪漫的季节
流年似水。那些渐行渐远的耳语
成了宿命，成了此生的也许

这个秋天很短，短得让人措手不及
曾经的遇见如水晶般完美。妹妹
你环抱双臂，在太子湾的午后
寻找着樱花美丽绽放的瞬间

跌跌撞撞的步伐，撒落一地的花瓣
真实的人生，找不到停留的理由
千头万绪。来来往往的人群中
你是否感受到指间传递的温度

迢遥旅途，人生有许多意外和错过
随风飘逝的爱情让人留恋。妹妹
站在当下，我们谁也无法知道
等待，是否有一个丰盈的归期

你的梦里谁为你擦干眼泪

手中的那根风筝线突然断了
只留下羸弱而孤单的身影

随风飘逝的爱情（四首）

那些爱着苦着的日子随风散了
这个秋天是你忧伤的背景

置身于那个琳琅满目的锁岛
你在千万把锁里苦苦寻找
属于自己的爱情。誓言还在
信仰还在，而甜蜜不再

相爱的人为何不能长相厮守
明知道是一个无言的结局
你，为什么还在痴痴地等待
等，是休止符还是省略号

倚着黄昏，独自伤悲。妹妹
你心碎的梦里谁为你擦干眼泪
谁的抚慰让你安然入睡？
炽烈的爱，却从未远离

岁月的风尘带走最初的恋情
长长的秀发飘荡最美的风景
刻骨铭心的爱情有着痛里的不悔
寒风中的玫瑰，枯萎凋零

《报晓》2017年3期

给 XSr（外一首）

■ 李强

让我静静地望着你吧

你戴上我那枚白底镀金的校徽
很神气地踱来踱去　又站住
清清嗓子　模仿着滑稽的男低音
你梳拢乌黑的披肩发　又散开
谈起小时候碰见鬼的情景
一边说　一边咯咯地笑个不停
你从网兜里拿出一个青青的橘子
递给我　又缩回去
馋一馋你　看你还这样文质彬彬

让我静静地望着你吧

你翻开相册　掸去岁月的灰尘
感叹无忧无虑的日子如过眼烟云
能遇上我这家伙还算幸运
你记起那个多雨的春天总没有来信
发誓恨透我了　再也不理我了
可晚上总梦见一个熟悉的身影
你为我织一件过冬穿的毛衣
一针一线缠着柔柔的歌声
小屋很静　风正对落叶悄悄叮咛

让我静静地望着你吧

黑蜻蜓

那时
你的眼睛多黑多亮啊
像从天国翩翩降临的黑蜻蜓
以一种无法抗拒的光芒
照亮早春二月的校园
照亮混沌初开的我

不眠的夜里

我用想象尽情织网

撒向天空

等你不期而遇

注定相逢的每一刻

我把自己修饰新颖别致

如含珠之荷叶

暗示这是最好的栖息地

没有一丝预兆

那个似乎永远过不完的蓝色夏季

快要结束的一天

你飞走了

那是个大白天

我的脑子也是一片空白

甚至记不起

你是否单独留给我

最后的一瞥

那一切已经过去很久很久了

现在流行彩照

我也被染得五颜六色的

黑蜻蜓

你飞走了就永远飞走吧

给 xsr（外一首）

即使再见
我们也已经是
陌生人

《隔山来信》北岳文艺出版社 2017 年 5 月

少女胡美（外一首）

柳宗宣

少女胡美，从监利新沟
到潜江园林，为不知的命运

所牵引。少女胡美
从监利到潜江，把自己的美

放置荒凉的地方。从潜江
到监利，少女胡美

梦中回家，见到爹娘
醒来，泪珠儿挂在脸上

少女胡美,说话不敢看人
她不知道她有多美

这惊心动魄的美,让一个人
不安和忧伤

宿　疾

她的身体残留着少女的影像
又有着少妇的妩媚
像个婴孩,一会儿像他爸
一会儿是他妈的侧影
时光似可倒流,她停在几十年前
还可以去爱她,你望了望夜空
有些伤感,在酒意中加深一些
秋日到来增添一份。爱就像
身体的宿疾,多年后隐隐发作
骨节疼痛,伤感,像少男少女倾诉
欢笑或哭啼。爱情又来了
你们把光阴消磨,不消磨又如何
就是用来消费的,就像你们的
身体是用来耗尽的。你把她神话
把你的想象附着在她的身上
这是你闯关的魔力。夜里

她似乎是唯一的光亮，奕奕
两个人到底要到达何处
你们要着对方，究竟所求如何
不合法的激情，愿意死去的激情
那接近死亡的快乐，充实你们
也在你们的身上制造虚空
你还是你，她还是她
你过着你的日子，她也一样
平常得像路上任何一个人在变老
她还是她你还是你，轰轰烈烈的
那个女子抱拥着一个虚薄的影子
他在她身上安置的光圈消失
光阴流逝，你们成了两个陌生人
活得很正常，看上去挺健全

《隔山来信》北岳文艺出版社 2017 年 5 月

我原谅你,不小心闯入(外三首)

■ 王文平

过去的这些日子
你都站在故牌
中间隔着雾帘

和友人相遇
你始终站在我们中间
所有的话语都小心翼翼

茶水又苦又湿
你的名字
是带血的疤痕

忽略所有的细节和真相
数事早已结局
只说这四月的花朵

春天记得的
我都记得

爱是笨拙的

爱是笨拙的
这个我知道
从第一眼看到你

那时
我的腿是笨拙的
我的嘴是笨拙的
我的大脑是笨拙的
我在笨拙里
白白看你水样流走

而我
像一块石头
笨拙的石头
等在原地

我原谅你,不小心闯入(外三首) |

眩晕的幸福

今晚

我握紧你的手

我的手也被你紧紧攥着

亲爱的

今晚

我眩晕在你的怀里

这突然的眩晕

赐予我的

突然的幸福

让我满眼泪水

夜啊

你能否更长一些

我眩晕在你的怀里

不敢说出我心中的影惧

你手心也有开

一辈子太短啊

我和你

葱

一棵葱

剥了一层

又剥一层

层层剥去

里面什么都没有

多像你的女人

一层层地认识

深入内部

除了洁白和爱

真的什么都没有

甚至

没有她自己

《隔山来信》北岳文艺出版社 2017 年 5 月

你是我今世的情人(五首)

■ 林 然

你是我今世的情人

这辈子
我注定爱你
你是我今世的情人

我第一次的心痛为你
我第一次的泪流为你
我第一次的欣喜为你
我第一次的微笑为你
你是我今世的情人

我一生的花开花落为你
我一生的患得患失为你
我憔悴了红颜为你
我坚守着信念为你
你是我今世的情人

没有你 我的心是空的
没有你 我的灵魂是死的
你是我今世的情人

你让一张白纸
五彩斑斓
让她有了生命的质感 而我
就是那空空的白纸啊
我今世的情人

我愿意 你随心地涂抹
那笔端的写意 就是我
心里盛开的花朵
那么执着为你绽放啊
我今世的情人

不要羞愧给我的太少
是你 让我活得真实

你让我淡然了尘物啊
我今世　灵魂的
纸上的　笔端的
情人

今夜　此情难诉

那一刻　你炽热的表白
让我倾心醉了半生
山无棱　天地合……
这远古的誓言让我读懂了
你的柔情　最真

多少年来
我在自己编织的梦幻里
醉心于一个人的舞蹈
当激情的潮水退去
华美的帷幕落下
空寂的舞台只有孤独的我

其实　原本就没有喝彩和伴吟
可我总喜欢留一处长长的留白
柔柔的颤音过后
期待一声热烈地和鸣　然而

寂静无声

坚如磐石的信念
在现实的碰撞中开始摇摆
那一瞬的恐慌如紫藤般疯长
凋零的心似花瓣　随风飘落

今夜　这柔情似水的月光
该怎样见证你滚烫的情怀

因为想你

这个阴雨的下午
在流淌的旋律里
在茶香的氤氲中
我开始想你

品一口香茗
思念开始涌动
那挥之不去的潮水啊
仿佛要把我淹没

我愿意被淹没
何其有幸啊

可以这么痴痴地想你
想你的时候
人世间的利益与纷争
像一缕轻烟
随风飘逝

而我心海的那一块净土啊
也因为想你
绿意葱葱

坐在秋雨的背后想你

坐在阴雨的背后
任凭秋天的凉把我浸透
流水的光阴也无情地清洗
我逐渐暗黄的容颜

身体在冰冷的沙发越陷越深
在愈发昏暗的光线里
细数你走后的时间
这一刻
时光仿佛静止

我只听见自己的心跳

冷寂的潮水要把我吞没
思念的蛊开始蔓延
疼痛一点点地加剧

愈来愈轻的身体开始坠落
仿佛坠入无底的深渊
无法逃避
视线逐渐模糊

你呀
为何将我思念的弦拨动
在这落叶缤纷
飘着丝丝小雨的
秋天的傍晚

那些无法诉说的思念

一曲清音
正漫过　我的身体
穿透 我的脏腑
在灵魂的空隙
滋长思念

起身　将阳光揽入怀中

温暖润透寒冷的冬季
润透散乱的目光

清音　香茗
糅合在一起
意念和思想开始纠缠
那些无法诉说的思念
像凛冽的寒风肆虐

阳光慢慢褪色
面对逝去的光阴
我忍住伤悲想你
和绽放的郁金香

我无法欺骗自己
意志约束不了疯长的意念
尽管你一直沉默　其实
你就在一盏清香的茶水里
陪着我　慢慢变老

《报晓》2017年2期

雨

白玛曲真

你走后,一直在梦里流淌的雨
湿润了天空,涨满了河池
安静时,一个人倚窗远望
山水朦胧,已经看不清你的容颜

往事,掩盖在岁月最深处
眼泪咽下,玻璃沾满了水珠
背对那棵香樟树,忘记时光
我习惯了独自哭泣,在飘扬的风中
不是雨水,只因七月的思念太多

在最远的谷口想你,你的传说

让昨日的故事，长出弯曲的山路

路上的你，渐行渐远的无影

那就这样吧，继续活在你生活的地方

不管明天的明天，遥远的将来

玉兰花开了，蝴蝶翩然飞舞

我只是想，那一场雨

洗刷了远方的路，让我如何

在这个季节，抵达你的故乡

《在低处行走》中国文联出版社 2017 年 6 月

做我的新娘(外一首)

赵家利

瘦弱的姑娘　文静的姑娘
在我的泪水中飞翔
西湖的女儿　月亮的女儿
善良装扮了五彩斑斓的梦想
轻轻地来到我身旁
凝眸、徘徊、不声不响
温情的嗜血者呵
吻后,方知爱情不设防

亲爱的,踏着夜露的水晶鞋
携带玫瑰花的香囊
趁小草正在酣睡

月亮还在梦乡
来做我永世的新娘
我用心跳的狂鼓迎娶你
我用坚硬的甲胄呵护你
直到有一天我真的疲倦了
一只曾经威猛的蜘蛛
它再也吐不出丝织不成一张完整的网
你仍然是我最美丽的新娘

最后的一句话

这张嘴絮絮叨叨啰啰唆唆
这张嘴口生莲花吐气若兰
这张嘴直言仗义善恶凸显
这张嘴遮遮掩掩　欲辩已忘言
多少锦心绣口的梦想
只能在云层实现

一辈子，已说得口干舌烂
一辈子，终于懂得惜字如金掷地有声
有一天，久卧病榻的残躯终将羽化
我仍会将气若游丝的嘴唇
贴近你的身边
轻轻地，轻轻地吐出那已重复无数次的

三个字：我爱你

《史河风》2017 年 2 期

梦揽黄昏（外一篇）

■ 文榕

阳光明媚，空气脆薄，室内飞来一只蝴蝶，引我向归家之路。

你牵我手走在驼色地毯上，似走向彩虹彼端，小心翼翼是我们拾阶而上的心情，房门被空气推开，引来蝴蝶花的暗香，纯然是一室的幽静，反映出梦境的金黄……

嫣红姹紫，如我们初识的心圃，梦叠加梦，回溯前朝的相逢，手再紧紧相握，攀升一树桃花，波光落了又起，迎向远山的秀丽……

路在倾斜，笑声微颤，沿途的景致有烟云的底色；脚步仓促，话语迟疑，纷纷扬扬如花的心绪。

飘移，随着暖流，飘移在日落黄昏，在路的两端，在摩天商厦里；飘移，依着时光，拥抱美梦，一个又一个轻吻，烙于灯红酒绿的繁华深处……

雕栏玉砌的倾诉

时光如许宁静，我们经过雕花的玉栏，有露水的侵袭，仿佛过了许久，又仿佛刚刚开始，我站在这宁谧的街道上，风，从远古吹来，又到落花的时节了。

眼神比以往清亮，笑意比往昔更浓，我们泛红的双颊容不下过多的喜悦，无声的言语，从夏至秋，跨越了彩虹的两极。

落花时节，仍待花开，因那喜悦是一盏长明的灯，照亮了雕花的玉栏，没有喁喁细语，没有高声对谈，静默流溢在街道四周，欢愉如风的种子，每一颗都长出翅膀，旋舞它宿命的纠缠。

静候花开，春之歌或秋之曲，待这旷寂的小道上空无一人时，我要翻出我的嫁衣，拥抱你的身影。许多往事荡远又走近，还有一阕灿烂的余韵，我不愿书写，当秋风再度吹起，我的落寞更深，更辽阔，那时，看远山一点点敞开它的襟怀，我只待在你的梦里，长醉不醒。

《香港散文诗》2017 年第 1 期

我确实活在梦中

■ 秀实

1

那因为一个罪。

某年，诗歌伴着春雨来得及时。诗于我而言是一种对罪过的救赎。

而这个犯下了的罪，是抹不去的。现在只余下一头潜伏着的兽。我发现了她，却不能抵达她的彼岸。此岸，庸脂俗粉只是世间的色相，非关爱。

2

无人知晓 K 在那里。

城市里消失了的 K 在梦里却常出现。那才是现实的。他的影子投在帘上，随风而动。K很少叹息，也很少愤怒。而终于他成了另一品种的兽，也紧随着我，一如我的影子。

  人与影子，那即是爱。帘与月影，无疑也是爱。

  岁月开始混淆不清。影子是时间而非形状，我终于醒悟过来。影子在黑暗里也存在，如K，并会伴我老去。

3

  相依为命。那并非生活，也非生计，而是命。

  睡眠时关掉灯火，空间黝黑一片。我感到影子也躺下来。我在梦里，影子醒着。它会在我四周往复走动。影子不言语，那是一种思念的方式。

  K有爱所以也有恨。存活的光景如一座园圃，有四季也有扰人清梦的风雨和脆弱的蜂蝶。

《香港散文诗》2017年第1期

牵挂的味道（外一篇）

蔡兴乐

在分水岭，如果没有蝴蝶的花翅膀，我用什么方式幸福地靠近你？没有一棵临水而向晚的桂树，我们的家，将安在哪一方风水宝地？

或者，岭坡下的老屋前，没有爬满牵牛花的篱笆墙，谁来守护我们分别的那些日子？

春天里，没有一面朝阳的窗户，窗户下没有一张温软的椅子，你怎么能够欣赏分水岭上的夭夭桃花，然后再写一首关关雎鸠的诗句？

冬日里，没有一只红泥小火炉，没有围炉而坐的亲人和知己，我该怎么向你描述牵挂的味道，描述这爱的举案齐眉、天荒地老……

一朵桃花留在春天

我把一朵桃花留在春天的分水岭,同时留下的,还有一段刻骨铭心的爱情。

我把来时的脚印丢在通往故乡分水岭的羊肠小路上。

我只带着满身的伤痛,还有一些诗歌,以及与一个人的擦肩而过。

爱的前世是否注定为恨?人面桃花,如今早已不知去向。

所谓生同衾、死同穴,不只是来自远古的一段传说。

而在分水岭,天堂是指村西南那片朝阳的祖茔地,也将是咱俩百年后的居住地。

《合肥晚报》2017年4月16日

当我转身

颜梅玖

想让你看我的背影,这么想着
就拍了一张
想让你忘掉我的眼睛,鼻子,嘴巴
和小雀斑

我的背影比前身高雅,发髻蓬松
脖子还会像小鹅一样弯,关键
你看不到我的表情

多么好啊,当我转身
你的失眠,自伤,绝望,你丢了魂
我都可以视而不见

人世间的一切，就像一片飘落的树叶
当我转身
雨水，日记，苹果花，还有离别的火车
都变成了烟

《鸭绿江》2017 年第 9 期

雪的承诺

■ 刘晓

答应过自己,大雪这天要写到你
可你没来。今天没来
去年的今天没来,多年的今天一直没来

我忧伤于多年以前的一场场浩劫
让自己的身体里
悄悄下着一场又一场雪

你在的。你的冰凉和美在的
不过,再没有下到我的天空
下到了远方

怀念的时候天空是温暖的
只要风吹得动云
你还会，从远方归来

夜有多黑，你就有多白
豹子吼得断闪电
你还将会把天地横陈，融为一条河流

天降大雪于我，必有它的派遣
我坚守一个冰冷承诺
等你归来

《水仙花诗刊》2017年春之卷

想一个人的时候

■ 周苍林

想一个人的时候
你就喝水
把一杯水捧在手上
和水说话
一杯水说干了
续一杯又接着说
你和水嘴对嘴交流
很安静、很亲密……
我不是水
在远方
我只能与酒嘴对嘴说话
酒和我一样

很野、很烈……

《诗刊》2017 年 8 月上

爱情假装在前面

■ 周广学

爱情假装在前面引领你
似乎伸手可触
却永远也不可能真正握住

万一有时触到她一根毛发或一点衣襟
——那是因为她的长发或衣襟被风扬起
那时候,你更要当心
她稍纵即逝偶然
却把你独自留在悬崖

《诗刊》2017 年 8 月上

灰姑娘

李小麦

唉,我想在你面前
表现得优雅得体一些
可我还是忍不住地脸红
忍不住地手足无措
忍不住地微微颤抖……
该如何掩饰内心这荡漾的湖?
我尝试着把话题
转向窗外那株枯槁的泡桐
"你看你看,两枝新芽!"
说这话时,我还是心跳
你仍然微笑,姿态谦谦
彬彬有礼

《诗刊》2017年8月下

一首写给妹妹的春天之诗

■ 北野

春天了,而去年的落叶还没来得及腐烂
它们连着你的降临和神秘的指尖
黎明并不止息在荒芜的青春之中
大地只是你心中的烛光和一场晚宴
我离开你的岁月,似乎已经有一千年
其间隔着一场漫长的睡眠

在我看见你之前,你要坚持已有的生活
单纯,安静,或怀着纯洁的忧伤和抱怨
你把柳叶当成指环,在春风中炫耀和徜徉
你把简单的快乐当成一生的明月
烟岚恍惚升起,偶尔吟诵的诗句是寂寞的闪电

你悄悄地哭泣如果是唯一的脆弱和秘密
但它并不代表你内心的幸福露出了破绽

当你大声欢笑，空旷的山坡上
百花盛开，莺歌燕语，一切阴影
都将接纳你的蝴蝶和天使明亮的灯盏
此时，即使黑夜更黑，俗世更俗
今天的风声大过一场灾难
但它们永远都不能超越你心中甜蜜的心愿

春天来了，死亡需要重生，爱情需要复活
偶尔相遇的人，需要在一阵惊喜中
找到前世的姻缘，而那些无忧无虑的无花果
需要在一团明亮的风中，解开辉煌的衣衫
飞翔的白云过于夸张，杜鹃的叫声
突然穿透了陌生的城市和村庄
春风絮语，万物如幻，而你收敛了笑容
孤零零一个人站在路旁，在轮回的梦中
我心存疑问：这还是我要经过的那条路吗？

《燕山上》花山文艺出版社 2017 年 5 月

苹果与虫子

孟宪华

你说你是虫子。那么我就是苹果

我抱着你,这个世界多么温暖
整个的我就是你的了
我愿意拿我的命
去换你的命

天天陪着你,寸步不离
让你咬,让你甜
直到我老得皮包骨头
你依然是我心里的宝

不要流泪,我只要你笑
前世欠你的,今生都还上
来世,你说我们还会不会在一起

《水仙花诗刊》2017年春之卷

在世界的每一天都爱你（组诗）

■ 雁西

在世界的每一天都爱你

我有时想到你就会流泪，就会
隐隐作痛。我有时想到你就会

快乐，就会心暖暖的
我要对着阳光，昙花和晨露以及

所有象征美好的事物说，你听着
好好听着，像打开经卷，倾听一种声音

我已经埋藏在心中，和心脏一起跳动

很久。终于在百鸟的争鸣中

醒来，感受你的气息
从空气中涌来，清纯清晰，超凡脱俗

于是知道世界这么美，时间流逝
这么快，转眼就又到了冬天，而春天

就在前面路上等着
哦，不，我不管这些，不再想

那么多，明天
我将回到你的怀中

我要对你说
在世界的每一天都爱你

你的名字在花朵之中

我每天都会想你，像每天会正常起，
晚上睡去，在梦中

仿佛你睡在旁边
你说，密恋，蜜恋，迷恋

密恋一个月，像只有几天
不知为什么会这样，这个春天

你照顾了家人，又谈了恋爱
轻轻念着我的名字，直到家乡的田野上

开满了油菜花，屋前的桃花开了
这个三月啊萌春的三月

因为你，我看见了爱神的样子
哎呀，就是你的样子

在海边
我早早地醒来，推开窗我看见了海，
看见

海上盛开
玫瑰，莲花，你的名字在花朵中

《椰城》2017 年 8 月

彼 此

亲爱的,你是我的清晨
也是我的晚上。从此也是我的诗
当我醒来,听到清脆悦耳的
鸟鸣,我会想象是你从远方
传来的思念。当我入睡之前
也会再轻念你的名字,这种感觉
像我曾经写过的一首诗,你像空气
无处不在。穿过千年时间
我们在某一刻,又看见彼此
不一样的彼此。你像神一样
触动我的想象,触动最深处
那根弦。那道光
照在路的前方,哎呀,这美妙
难于描绘,画不出
即使诗也只能浮在水面

幸福感

在黑暗中,去点燃
一盏灯,像玫瑰一样代表爱情

从上帝手中
摘来一颗星,从月中采撷一缕光

是的,我可以做到,在海边,读日记
潮汐,来来往往,缠绵徘徊
爱恨一起,无须言说的爱,荡漾
在海上,不哭,不要让眼泪夺眶而出
桃花开了,开在十月,在另一个

世界,那里桃花开过之后就永远
开着,不会落,以一种笑容
表达不死的爱情,表达
再生的梦和粉色的欲望,还是桃花
也许只有桃花,才可以那么
准确地把你的心和她的心,以及
别人的心,开在一起

《绿风》2017年6期

我在村口等你

肖炳华

一

每当夜晚来临的时候
我照例走出家门
在村口的那棵老槐树下
踟蹰徘徊,魂不守舍
漫无边际地深情张望
盼望着那曾经熟悉的身影
能奇迹般地出现在我的眼前
可是一次次让我等来的
却是幻影和失望
啊,亲爱的强子
我魂牵梦绕的恋人
狂野苍茫,峰峦叠嶂

你在世界的哪一方
千百次的村口等待，
无数次的梦中相见，
你却音讯中断，了无声息。
难道你遇到了不测
或是过不去的坎
在通信发达的今天
为何没有信息相传

我心问口，口问心
百思不得其解
我只能把思念的痛苦
深深地埋藏在心底里

二

记忆犹如一道道闸门
往事如昨历历在目
十年前的那个夜晚
我怀里抱着幼小的儿子
手里拉着咱们的女儿
走到村口的那棵老槐树下
恋恋不舍地为你送行
那时的你年轻气盛，豪气干云

揣着远行的梦想

在洁白的月光下发誓

一定会自强不息创业

我在家照顾好爸妈和孩子

等着你许下的好日子

心与心的距离没有远近

你踏着月光，越过田野

明日的灿烂

在遥远的相思里生根

三

十载有余伤别离

儿女如今已成人

三千多个夜晚啊

强子，朝盼暮盼无音信

作罢女人做男人

千般相思万种艰辛

尽孝尽责无怨恨

流言蜚语难为人

有人说你争强好胜

致人重伤，负案逃离

有人说你求财心切

去澳门赌输了个精光被人控制

有人说你发生了意外

死于非命,尸骨无存

父母也对你失去信心

诅咒你没有良心

劝我尽快改嫁他人

万般的猜测只是传言

一线希望我也不会抛却我们的初心

四

你可以沉默不语

不管我的着急

你可以不给我信息

不顾我的焦虑

炊烟起了,我在村口等你

夕阳下了,我在夜幕里等你

叶子落了,我在老槐树下等你

月儿弯了,我在十五等你

细雨来了,我在伞下等你

流水冻了,我在河畔等你

生命累了,我在天堂等你

我们老了,我在来生等你

你的心里永远有个我

我的生活里不能没有你

五

任时光飞逝

任斗转星移

强子，我最亲最爱的人

我坚信你还在人世

总有一天你会回来

对你的爱不变

对你的情不移

无论时世多变迁

无论音书多难传

无论风雨和晴天

无论海枯和石烂

我依然在村口的老槐树下等你

《清颍》2017 年 5 期

许愿（外一首）

■ 朱熠妍

道一声晚安
就躲在月亮的背面，呼唤你的名字
轻轻，又轻轻

你的声音似月光流动
我想，风也一定愿意
躲进你微笑的深处拂煦

蝴蝶的心事很重
走在虚空的玫瑰花瓣上
灵魂燃烧

萤火虫四散飞升，点亮远方的森林
一声叹息似羽毛滑过水面
似曾相识的感觉

岁月以闲散的尘埃模糊了我的征途
坐在雨水的阴影里，一夜又一夜
静听你的跫音

让我喜欢你吧
只因人间幽深
历尽漫长的等待，才能圆满生命的修行

在耳畔的温软中，闭上眼睛
甜蜜的羞怯与痛苦
从此睡在不再翻开的书页里

守 望

是夜
孤寂，清冷
水还在冰层下做梦
悄然而至的是你的信笺

你说，我把灵感遗失在夏天了

许　愿（外一首）

那么就此出发吧
重拾那美丽的字句

穿过雨中街灯盏盏
穿过雾里树影重重
烟雨霏霏的黄昏里，你低头微笑着
像蒲公英在夏日余晖中随风飞舞
却又凌乱得模糊了时光的原貌

理想的国度究竟该如何抵达？
乘着幻想的秋千抑或是以梦为马
只知道走了很远很远的距离
夏夜的蝉鸣由远及近
你惊叫着奔向月亮悲伤地读着
悬挂在月亮上的诗句

夜风清凉，遂在悬崖边支起钓竿
散落在山谷中的星星
争先恐后咬住了你的情思
平平仄仄平平仄
也是一场不为人知的暗恋

你说记忆永远追不上思念
正如爱追不上流年

而那又有什么关系呢
我们终将穿过幽暗深处的迷津
漫漫长夜里,远方的灯塔盈盈在目

《清颍》2017 年 5 期

你最美丽的时候我在哪里

■ 程子珉

真不知道,你最美丽的时候我在哪里
但可以确信的是
我们仅仅隔着一条河一座山,绝不是
遥远的星系
时间的魔法在精心地雕刻着我们的容颜
变形着我们的躯体
然而岁月依然公平地让我们颤抖在了一起
老在了一起
只因为我们遇见在同一个年代,同一个世纪

真不知道,你最美丽的时候我在哪里
也许是上帝给我们做了特别的安排

不让我们过早地相识

过早地相遇

以避免幼稚的行为伤害你,也

伤害我自己

风雨过后的彩虹更加绚丽

再度牵手才懂得弥足珍贵

爱,不再为了灿烂的音容笑貌

而是,温暖心灵的惺惺相惜

真不知道,你最美丽的时候我在哪里

美丽的青春相错相期

没有看到你秀发飞扬的样子

没有看到你羞涩犹豫的样子

没有看到你勇敢奔放的样子

没有看到最美丽时候的你

你的微笑你的热情你的梦想

还有你那懵懂青涩的深深的痴迷

我不知道,那时我在哪里

我无缘陶醉在你

风情摇曳的花季

曾经张开的臂膀也没有去迎接你

汹涌澎湃的潮汐

不要再追问,你最美丽的时候

我在哪里

这似乎已经没有多少实际的意义

鲜艳的花朵未必都开在春季

成熟后的果实才更加甜蜜

所有的甜言蜜语都是早晨的露珠

所有的海誓山盟都经不起时间的磨砺

所有的美丽只能保留在心里

所有的闪电只能变成瞬间的记忆

迟暮的祝福也许更值得珍惜

爱,不仅仅是花前月下的追逐奔跑

更不只是青春岁月的特有专利

爱是一把撑开的油布伞

风雨中你搀扶着我我搀扶着你

我们不再需要爱如潮水

我们不再追求轰轰烈烈

我们只要因缘俱足的不离不弃

心灵的相守相望穿越了时空的距离

爱,除了温情的相牵相伴

更要勇敢坚定地把生命的责任举起

不要再追问

你最美丽的时候我在哪里

《初心》安徽文艺出版社2017年12月

蓝色之恋

■ 周亚

我的眼睛睡在你的前额
我想你的时候
泪水就沿着你的腮边落下来
绕过彼此依偎的身体,黎明与夜的边界
流成溪水,流向大海
我的墓地

我把我的吻留给你
我把最后一截生命像常春藤
插入你的年轮
我要带走你身上所有的不幸
这样,我就能安枕于波涛
或沉入海底,没有开始
没有结束

《伊犁河》2017年6月

娟娟,你还没有醒来

■ 张 康

你的梦是金色的,它们从夜的最高处掉落
一下一下地掉落,盈盈的像羽毛
直到它们掉进你清素的床帐,我才看清
柔软压着柔软,昨天还带着另一些昨天
我看到了这一切,娟娟
在这个你还没有醒来的清晨

娟娟,你若醒来,会不会也跟着我惊讶
金色蝴蝶震动了你白色花床的瞬间
碎在地上的尘埃也把自己荡起
在光柱的小河里,它们摇着自己的船
婉转,朝着昨夜,你梦掉落的地方

像摆渡人渡走夜客

娟娟，就像在无数个昨天
你把吸管伸进果实的瓶子里
现在有更多的光柱从屋外伸进来
过去，我仿佛苹果汁在苹果内飞舞
现如今的季节里，恐怕橘子还没来得及
稳妥地，把幸福的果肉一一排列开
这多像现在的你我
一个睡着，一个已经醒来

《星火》2017年6月

我们相互默默地爱着（外一首）

■ 左秀英

要多么安静的心灵
才能听见
另一个人的轻叹
日子的关节已经缺钙

要多么广大的慈悲
才可以
用夜的紧身衣撑起孤独
你太爱这个世界

焦虑地对每一处倍加怜惜
亲近的距离辽阔成海

在每一个角落
溅起轻轻的回响

在不可拒绝的风里
在倒春寒流浪的渴望里
我们可以说上一句:
我们相互默默地爱着。

直到,安宁的寂寞披凌挂雪

为了印证一个人的存在
雨还在下……前世至今生
直到,你用独特的方式
制造出想念。
于是,我开始不断地
经受考验
不断地发生
就像这连绵的雨点
挂成线
直到,安宁的寂寞披凌挂雪。
在十字路口,我们分手告别
握手。隐痛就是祝福
多么美好而安静的天空。

《重庆文学》2017年6期

爱你（外一首）

■ 白小云

你知道我在哪里
知道我盛放在隐秘处的虚妄
知道我能说出的快乐
和难以沟通的荆棘

爱你深知我的一无所知
爱你头顶那轮无法接近的月光
爱你给我惧怕里含着刑罚的渴望
爱你，想念时天空一片黑暗

爱　神

月亮发光，照亮世间最小的猎物
她留恋在太阳将至、黑夜消失的片刻
爱之甜蜜亦如爱之残酷
狮子低首，跌入爱河
天亮前他从梦中醒来
身上停留着月光的痕迹

相遇退出记忆而思念日夜往复
他仰望天空，夜加深着月亮的边缘
一种无法抹去的承诺
正从远处回来

《诗歌月刊》2017 年 12 期

梦 境(外一首)

（美）文森特·米莱

亲爱的，假如我哭泣请不要伤心，
即使你会嘲笑，我也并不在意；
如此设想会不会有些愚蠢，
然而能够感受到你存在，已经很好。

亲爱的，我在睡梦之中梦见行走——
月光所及处宁静而明亮，
照耀地板的每个角落，
从某处松散的百叶窗缝隙——流泻而入！

在风中摇曳——如今已没有风吹！——
我在恐惧中转身向你，

伸出手来寻找你的安慰——
而你已消失不见！唯有清寒，冷如露珠。

月光从我的手臂间落下，
亲爱的，即使你嘲笑，我也不会在意
如果我哭泣，也请不要伤心，
啊，能够感受你的存在已经很好！

生活之烬

当爱离去后，日子变得如此相似，
饮食，睡眠——让夜晚就此来到！
啊！我只能静静躺着，聆听那钟声缓缓敲响！
等待白昼重新降临！——带着黎明的薄雾靠近！

当爱离去后，留下不知所措的我：
这样或那样，无论如何抉择在我都是一样；
种种尚未完成便要离开的事物，——
如今不再有任何意义。

当爱离去后——邻人们照旧来访，询借物品，
生活如此延续着，如屋鼠之扰无休无尽——
明日之后又有无尽的明日，
在这条街巷，这座小屋里。

《诗歌月刊》2017年第12期

初吻

■ 杜玮

这一刻
仿佛甜蜜的空气
划落人间最美的事物
我们咀嚼未来
一片羽毛落在我的窗台上

似乎时间停止了脚步
天空看着我们,从昨天走来
像微风里熟睡的花草
宛若头顶上的星星
友好地眨着眼睛
置身脚下生长的土地

世界是我们想要的样子

当黑夜与流水握手,一片羽毛
与另一片,轻轻重叠在一起

《诗歌月刊》2017 年第 12 期